晚清白话文与启蒙读物

陈平原 主编

书系

夏晓虹 著

复旦大学出版社

出版说明

本丛书原为陈平原先生应香港三联之约编就,并于2008年起在香港陆续出版繁体字版,反响颇佳。因为发行等方面的限制,丛书少为内地读者所见,实在是一个不小的缺憾。蒙香港三联授权,我社于2010年起陆续推出简体字版,但愿对内地读书界是一种补偿。

陈平原先生曾为本丛书香港三联版撰有总序,略述丛书的编选宗旨和出版的因缘际会,无不精妙绝伦,读者诸君于丛书总序中可以品味。关于该丛书的编选,作为主编的陈平原先生认为,"与其兴师动众,组一个庞大的编委会,经由一番认真的提名与票选,得到一张左右支绌的'英雄谱',还不如老老实实承认,这既非学术史,也不是排行榜,只是一个兴趣广泛的读书人,以他的眼光、趣味与人脉,勾勒出来的'当代中国人文学'的某一侧影。若天遂人愿,旧雨新知不断加盟,衣食父母继续捧场,丛书能延续较长一段时间,我相信,这一'图景'会日渐完善"。

于今,陈先生的宏愿,经由我们的"加盟"和内地读者的捧场,可以说已部分得以实现;无论如何,为中国学术的繁荣做点传薪的工作,也是复旦出版人的志趣所在。

复旦大学出版社

总 序

老北大有门课程,专教"学术文"。在设计者心目中,同属文章,可以是天马行空的"文艺文",也可以是步步为营的"学术文",各有其规矩,也各有其韵味。所有的"满腹经纶",一旦落在纸上,就可能或已经是"另一种文章"了。记得章学诚说过:"夫史所载者,事也;事必藉文而传,故良史莫不工文。"我略加发挥:不仅"良史",所有治人文学的,大概都应该工于文。

我想象中的人文学,必须是学问中有"人"——喜怒哀乐,感慨情怀,以及特定时刻的个人心境等,都制约着我们对课题的选择以及研究的推进;另外,学问中还要有"文"——起码要努力跨越世人所理解的"学问"与"文章"之间的巨大鸿沟。胡适曾提及清人崔述读书从韩柳文入手,最后成为一代学者;而历史学家钱穆,早年也花了很大功夫学习韩愈文章。有此"童子功"的学者,对历史资料的解读会别有会心,更不要说对自己文章的刻意经营了。当然,学问千差万别,文章更是无一定之规,今人著述,尽可别立新宗,不见得非追韩摹柳不可。

钱穆曾提醒学生余英时:"鄙意论学文字极宜着意修饰。"我相信,此乃老一辈学者的共同追求。不仅思虑"说什么",还在斟酌"怎么说",故其著书立说,"学问"之外,还有"文章"。当然,这里所说的"文章",并非满纸"落霞秋水",而是追求布局合理,笔墨简洁,论证严密;行有余力,方才不动声色地来点"高难度操作表演"。

与当今中国学界之极力推崇"专著"不同,我欣赏精彩的单篇论文,就连自家买书,也都更看好篇幅不大的专题文集,而不是叠床架屋的高头讲章。前年撰一《怀念"小书"》的短文,提及"现在的学术书,之所以越写越厚,有的是专业论述的需要,但很大一部分是因为缺乏必要的剪裁,以众多陈陈相因的史料或套语来充数"。外行人以为,书写得那么厚,必定是下了很大功夫。其实,有时并非功夫深,而是不够自信,不敢单刀赴会,什么都来一点,以示全面;如此不分青红皂白,眉毛胡子一把抓,才把书弄得那么臃肿。只是风气已然形成,身为专家学者,没有四五十万字,似乎不好意思出手了。

类似的抱怨,我在好多场合及文章中提及,也招来一些掌声或讥讽。那天港岛聚会,跟香港三联书店总编辑陈翠玲偶然谈起,没想到她当场拍板,要求我"坐而言,起而行",替他们主编一套"小而可贵"的丛书。为何对方反应如此神速?原来香港三联书店向有出版大师、名家"小作"的传统,他们现正想为书店创立六十周年再筹划一套此类丛书,而我竟自己撞到枪口上来了。

记得周作人的《中国新文学的源流》1932年出版,也就五万字左右,钱锺书对周书有所批评,但还是承认:"这是一本小而可贵的书,正如一切的好书一样,它不仅给读者以有系统的事实,而且能引起读者许多反想。"称周书"有系统",实在有点勉强;但要说引起"许多反想",那倒是真的——时至今日,此书还在被人阅读、批评、引证。像这样"小而可贵""能引起读者许多反想"的书,现在越来越少。既然如此,何不尝试一下?

早年醉心散文,后以民间文学研究著称的钟敬文,晚年有一妙语:"我从十二三岁起就乱写文章,今年快百岁了,写了一辈子,到现在你问我有几篇可以算作论文,我看也就是有三五篇,可能就三篇吧。"如此自嘲,是在提醒那些在"量化指标"驱赶下拼命赶工的现代学者,悠着点,慢工方能出细活。我则从另一个角度解读:或许,对于一个成熟的学者来说,三五篇代表性论文,确能体现其学术上的志趣与风貌;而对于读者来说,经由十万字左右的文章,进入某一专业课题,看高手如何"翻云覆雨",也是一种乐趣。

与其兴师动众,组一个庞大的编委会,经由一番认真的提名与票选,得到一张左支右绌的"英雄谱",还不如老老实实承认,这既非学术史,也不是排行榜,只是一个兴趣广泛的读书人,以他的眼光、趣味与人脉,勾勒出来的"当代中国人文学"的某一侧影。若天遂人愿,旧雨新知不断加盟,衣食父母继续捧场,丛书能延续较长一段时间,我相信,这一"图景"会日渐完善的。

最后,有三点技术性的说明:第一,作者不限东西南北,只求以汉语写作;第二,学科不论古今中外,目前仅限于人文学;第三,不敢有年龄歧视,但以中年为主——考虑到中国大陆的历史原因,选择改革开放后进入大学或研究院者。这三点,也是为了配合出版机构的宏愿。

陈平原

2008年5月2日

于香港中文大学客舍

目录

自序 / 1

晚清白话文运动的官方资源 / 1
作为书面语的晚清报刊白话文 / 37
晚清的西餐食谱及其文化意涵 / 63
《蒙学课本》中的旧学新知 / 87
从"尚友录"到"名人传略"
　　——晚清世界人名辞典研究 / 133

作者简介 / 172
著述年表 / 173

自 序

2008年1月以后,因陈平原获得香港中文大学与北京大学的双聘,一半时间在香港任教,我也有了更多的机缘常过来住住。何况,其间两次到岭南大学中文系客座讲学一学期,一个月在树仁大学为研究生授课,于通常的寒暑假之外,更增多了滞留的理由。出于职业习惯,闲下来时,自不免翻书、作文;且相比北京,这里没有多少杂务,做事效率更高。于是,粗粗算来,近年几乎有一半的论文,产地是在香港。

既然自觉与此间多了一份"亲缘",可想而知,受到香港三联书店的邀约,得以跻身"三联人文书系"的作者之列,除了感到荣幸,我也为能够给这段在港生活留下出版纪念而很觉欣喜。

从选目方面考虑,虽然话题仍不出我的专业范围——近代,却想单就白话文与启蒙读物的几篇论文略做小结,而且自认为,这也是近年我的研究中颇有心得的部分。

白话文本来是古已有之,只是经过漫长的以文言为主的书写时代,到了"五四"文学革命提出废除文言、独尊白话的理念,白话文不但在文坛站稳了脚跟,一枝独大,而且型塑出了其为"五四"宁馨儿的公众意识。1956年,为了批判胡适而印行的谭彼岸著《晚清的白话文运动》

（湖北人民出版社），倒是在学术研究中率先将"五四"文学的源头上溯到晚清，开启了新的议题。20世纪80年代以来，学界同仁在此方向上又续有推进。收入本书的两篇相关论文，则希望在已有的论述之外，将视野进一步延伸。

《晚清白话文运动的官方资源》有意弥补以往的考察限于民间的立场，而认为，在语言的权力场中，官方实占有更多的文化资本，出自官方的白话文，其地位、影响也都在民间人士的撰述之上。因此，清代大量存在的关切民生的白话告示与定期宣讲的《圣谕广训》及其白话读本，便格外值得重视。其重要性与普及程度，借助国家机器的力量一时无匹，并使得白话书写积淀成为时人的普遍记忆与日用常识。此类"官样文章"不仅直接为晚清的白话文运动做了强有力的铺垫，在运动展开的过程中，也作为有效资源，不断被官方与民间征引。

另一篇《作为书面语的晚清报刊白话文》则基于二百多种白话报章涌现的史实，以这批晚清启蒙思潮中对社会大众最具影响力的读物为分析对象。通过两两相对的文言/白话、官话/其他方言、官话/模拟官话的报刊文章抽样，对比了同一文本不同的语体形态，揭示出以官话作为统一语确已成为晚清白话文的主导趋向。与此同时，并非"我手写我口"的模拟官话的复杂呈现，以及方言和包含在文言文中的新名词的独特价值，在此文中也一并得到观照。

报刊之外，尚有各种新学普及读本在晚清蔚为大观。这些真正意义上的津梁之作，当年乃是因应迫切的现实需求而面世，其运命正如过眼烟云，顷刻消散。不但书中传达的西学知识早已过时，即使书册本身，也因其通俗性质，无论图书馆还是藏书家都不看重，现今已是踪迹难觅,无人知晓。本人有意拾遗补阙,还原现场,体贴与展示这批启蒙读物被忽略的历史文化意涵。所选取的西餐食谱、小学课本与外国人名辞典固然显得品类纷杂,却自认具有多样性,或可以少驭众,收见微知著之效。

其中关于《造洋饭书》与《西法食谱》的讨论,不仅关注到两位著/译者在西化的途径上有糅合本土与全盘照搬之别,而且,与前两篇论文相关,笔者对两本食谱在表述方式上的明显差异也进行了比较。由此判定,前者的不断再版与后书的一版而绝,正是"中西调适"与"食洋不化"两种西学输入思路应用于现实的表征。

而近代新式教育对国人思想观念与知识结构的影响,无论怎样估计都不过分。在此意义上,上海南洋公学外院于1897年开始编印的《蒙学课本》,一向被认作中国人自编的第一部小学教科书,加上1901年面世的《新订蒙学课本》,两种早期教材在中国教育-文化史上实占有重要地位。其所呈现出的教育理念与新知识观,特别是对于科学常识的普及、中国与世界关系的反省、道德观念的重构以及对新学书刊的及时吸纳,也让这两部蒙学课本有足够资格成为晚清的国民常识读本。

此外,辞典在传播西学知识上也有集大成的效应。20世纪初集中出现的《外国尚友录》《海国尚友录》与《世界名人传略》,前二种乃出自国人之手,承接了明代编辑成书的《尚友录》传统,更添加上晚清的时代特征,将"尚友"中国古代先贤的收录范围进一步扩大到域外。《世界名人传略》则是著名的《钱伯斯传记辞典》唯一的中文选译本,该著对于中国古代姓氏书的改造,如果放在近代海外尚友录演变的脉络中观察,也是意味丰富。

总之,本书的论题大致围绕通俗教育展开,而落在晚清的语境,便多半与白话文及启蒙思潮切合。至于其核心关怀，如何将精英的思想转化为国民常识，从而牵动社会基础的变革，又并非晚清一个时代的课题，仍值得今人继续探究。

2014 年 11 月 14 日
于香港中文大学寓所

晚清白话文与启蒙读物

晚清白话文运动的
官方资源

依照目前学界达成的共识,"五四"以后成型的现代白话文,向前可直接追溯到晚清的白话文,并与古代白话有源流关系。无可否认,在现代白话文形成的过程中,外来语的输入产生了很大影响,因此,早在1919年,已有识者将其称为"欧化的白话文"[1]。近年来,一些研究者也着力从传教文献探讨现代汉语与近现代文学中的西方资源[2]。凡此,都有利于加深对现代白话文复杂来源的认识。不过,笔者希望在以上论述的基础上,特别关注来自清朝官方的白话力量,从而为晚清白话文运动的发生寻找更有力的内部支持,并为梳理白话从古代到现代的发展脉络提供一个易被忽略的视角。

古白话的分类

现代汉语与古代汉语在书面上的分界,大体可以白话与文言的区别为标志。但这并不意味着在中国古代没有白话书写。事实上,语言学界普遍认为,即使今日古奥难懂的《尚书》,其中一些篇章也是当年口语的记录。只是因为口语变化快,而文字发展慢,言、文逐渐分离,上古的白话才成为后来的文言。

"五四"以前的白话,或称为"古白话",或称为"近代汉语"。自中国社会科学院语言研究所的刘坚1982年

---

[1] 傅斯年:《怎样做白话文》,《新潮》第1卷第2期,1919年2月。
[2] 代表性的论述有王本朝的《20世纪中国文学与基督教文化》(合肥:安徽教育出版社,2000年)、袁进的《重新审视欧化白话文的起源》(《文学评论》2007年第1期)等。

对其进行分类,并于次年编成了《近代汉语读本》[1]以来,此项研究已吸引了越来越多的学者投入其中。古代白话数量众多,文献纷杂。下文将先列述重要的诸家分类,再回到笔者特别的观照点上。

1982年,刘坚在《古代白话文献简述》中将古白话分为八类,即敦煌文献、禅宗语录和宋儒语录、诗词曲(曲分诸宫调、戏文、元杂剧与元散曲四体)、文集、史籍、笔记小说、白话小说、会话书(指非汉族人学习汉语白话的教科书)。其中史籍部分包括《元朝秘史》《元典章》与元代白话碑[2]。

1988年,张中行撰写的《文言和白话》一书,单列了"白话典籍"一章。作者"把白话文献分为三期:第一期是唐以前,第二期是唐宋到明清,第三期是现代"。他认为,前期只有零散资料,尚未成典籍,"大致可以分为三类:一是谣谚之类,二是夹在文言作品里的一些白话,三是早期的乐府诗";而后期的现代白话则数量多,且为人熟悉,可谈的不多。其着重介绍的重要而常见的乃是中间一段的白话典籍,分为佛经译文及其他、变文、曲子词、语录、话本、章回小说、弹唱作品、戏曲、民歌和笑话九类。其中《元朝秘史》《元典章》以及教会印行的《新旧约全书》《天路历程》,均放在第一类[3]。张氏的分类显然带有文学的眼光,故史籍与会话书已被排除在外。

2000年,列入"百种语文小丛书"的江蓝生著《古代白话说略》,第二节为"古代白话文献一览",主要参考刘

---

[1] 刘坚编著的《近代汉语读本》由上海教育出版社出版,首版于1985年印行,1988年第2次印刷,1995与2005年又两度刊行修订本。
[2] 刘坚:《古代白话文献简述》,《语文研究》1982年第1辑,1982年6月,第98—104页。
[3] 张中行:《文言和白话》第十五章"白话典籍",哈尔滨:黑龙江人民出版社,1988年,第204—237页,引文见第204、205页。

坚的论著进行了分类：一、敦煌俗文学作品（变文、话本、俗赋、曲子词、王梵志五言白话诗）；二、禅宗语录；三、宋儒语录；四、诗、词、曲；五、史书、史料；六、直讲和直译；七、话本和长篇小说；八、会话书。江著取消了刘文中的"文集"与"笔记小说"两类，而将"禅宗语录"与"宋儒语录"分列，并增加了"直讲和直译"。后者举例为元朝吴澄的《经筵讲义》、许衡的《大学直解》以及贯云石的《孝经直解》等，主要是蒙元统治者"让大臣用口语讲解儒家经典，或者把一些汉文典籍译成白话，以便学习推广"而留下的记录。此外，《元典章》以及明代的《皇明诏令》《纪录汇编》等文献中含有的白话资料，也纳入了"史书、史料"一类[1]。

在2007年出版的徐时仪著《汉语白话发展史》中，古白话被择要分成了十类：一、汉译佛典；二、敦煌吐鲁番文献；三、禅儒语录（内分禅宗语录、宋儒语录、出使语录）；四、诗词歌曲（内分诗、词、散曲、民歌）；五、戏曲；六、散文（内分史书、公文法典、碑帖）；七、笔记；八、小说；九、方言；十、其他（内分文集、会话书、宝卷、医药、科技、书信、笑话）[2]。这是目前分类最繁复的一种，即使"其他"中的"文集"与"会话书"，在前列的刘坚文中，也都单独作为一类处理。

上述论列大体出自语言学家。若反观文学研究者的论述，最简化的分类大概属于袁进，他在2006年面世的《中国文学的近代变革》一书中肯定："古白话的文本主要有三类：一类是说书人说书发展而来的话本小说等文学作品；一类是学者、高僧平时所讲的语录；还有一类是近年

---

[1] 江蓝生：《古代白话说略》，北京：语文出版社，2000年，第9—42页。
[2] 徐时仪：《汉语白话发展史》第二章"古白话系统概述"，北京：北京大学出版社，2007年，第28—49页。

来才发现当时外国人教外国人中国汉语的读本。"袁进在这里所说的"白话",显然仅指向散文类文本,因而在上述所有分类中均含括在内的诗词曲反无一进入其视野。而他特别看重的汉语教学读本,也只限于支持其西方传教士"对汉语的发展起过极为重要的作用"[1]论点的《语言自迩集》一类,却并不包含语言学者先已提及的、成书于元末的《老乞大》与《朴通事》。

其实,如果单从文学的角度,最早系统论述白话文学的学者,正是"五四"文学革命的领袖人物胡适。结合他那本1928年出版、只完成了上卷的《白话文学史》,以及再早六年构拟的《国语文学史》纲目,可以大体看出其论述范围。依据胡适对"白话"的界定:"一是戏台上说白的'白',就是说得出,听得懂的话;二是清白的'白',就是不加粉饰的话;三是明白的'白',就是明白晓畅的话。"他的"白话文学""范围放的很大",包括了"旧文学中那些明白清楚近于说话的作品"。历史叙述是自西汉说起,由汉乐府一直讲到晚清小说,结尾应在论者身居其中的"国语文学的运动"[2]。所涉种类涵盖了民歌、散文、佛教翻译文学、诗、词、语录、小说、曲(包括散曲、诸宫调与戏曲),今日语言学界仍极为重视的敦煌文献,其时胡适已作为新材料大加征引。

以上各种日趋精细的分类,使我们对古白话的源流认识越来越丰富。不过,这些类别之间只呈现为平列的关系,并不能真实反映语言的现实层级。而假如考虑到话语权在其间的作用,回到历史现场,我们会发现,虽然同样是白话,但仍然有地位高低、影响大小之别。

此处不妨借用《水浒传》中的一段描写。武松打虎是

---

[1] 袁进:《中国文学的近代变革》,桂林:广西师范大学出版社,2006年,第64、69页。
[2] 胡适:《白话文学史》上卷《自序》,上海:新月书店,1928年,第4—6页。

个尽人皆知的故事。在上景阳冈之前，武松在一家酒店里喝酒，一连喝了十八碗，之后一边嘲笑着店家"三碗不过冈"的招幌，一边就要上路。酒店主人赶出来叫住武松，要其"且回来我家，看抄白官司榜文"，说是："如今前面景阳冈上有只吊睛白额大虫，晚了出来伤人，坏了三二十条大汉性命。官司如今杖限猎户擒捉发落。冈子路口，都有榜文。"要求来往客人只能在中午前后三个时辰过冈，且须结伙成队，不可独行。武松因"这条景阳冈上，少也走过了一二十遭，几时见说有大虫"，以此疑心酒家要其留宿，是想谋财害命，"却把鸟大虫唬吓我"，故而执意前行。

走出四五里，来到景阳冈下，武松见到一棵大树，刮了皮，上有两行文字，正与酒家所述相同。武松仍是不信，笑道："这是酒家诡诈，惊吓那等客人，便去那厮家里宿歇。我却怕甚么鸟！"而上得山来，不到半里多路，又看到一座破败的山神庙，"庙门上贴着一张印信榜文"。武松这才认真对待，停下脚来，细读这则"阳谷县示"的文告，却也与店家说的一般无二。小说于此处写道："武松读了印信榜文，方知端的有虎。"而其反应也与前番截然不同，竟"欲待转身再回酒店里来"[1]。只是因为武松好面子胜于爱惜性命，方才留下了赤手空拳打死一只斑斓猛虎的英雄段子。

《水浒传》虽是小说家言，这里反映的心态倒相当真实。普通店家的说话或转抄的榜文，自然抵不上官府带印章的告示来得权威。回到语言的权力场，出自官方的白话，照理也应当比下层文人或艺人写作的章回小说、变文、杂剧等白话文本更受社会各阶层的重视。这也是本文

---

[1] 陈曦钟等辑校：《水浒传会评本》，北京：北京大学出版社，1981年，第421—423页。

格外优待"官样文章"的理由。

以官方身份为视点,上列白话文献中,笔者因此特别看重"公文法典"与"直讲直译"。而前述各家分类中,列出"公文法典"的徐时仪著作,只将其置于"散文"的大类别中,与"史书""碑帖"并列;收入其中的《元典章》,在其他学者那里,又出入于"史籍"与"译文"之间。至于"直讲直译",尽管江蓝生独具慧眼,将其单列为一类,不过,刘坚与徐时仪却都归入"文集"中,虽然"文集"在二人的分类系统中仍有大、小类之分。

落实到清代的语境中,"公文法典"可以面向民众的榜文告示为大宗,"直讲直译"最合适的范文则当推《圣谕广训》的各种宣讲、阐释本。下文即以此两类文本为主,考察其为晚清的白话文运动提供了怎样的语境与资源。

有必要先行说明的是本文对于"白话"的设定与使用。虽然一般而言,白话与文言是可以区分的,但二者混杂的现象也时有出现。根据张中行先生的判断:"文言和白话并存,难免互有影响,可是影响力量的大小不同:文言大,白话小。"这主要是因为文、白在"五四"以前,有高雅与俚俗的地位差别,造成了文言的势力强盛。并且,传统文人也没有明确的划清文、白边界的意识,于是"怎样方便就怎样写",混用文言因此比纯粹的白话更常见:

> 因为照那时候的看法,即使有意要求通俗易懂,也不会想到必须同于口语的白话才通俗易懂。换句话说,在他们眼里,兼用些浅近的文言是同样通俗易懂的。总之,文白界限不清,十之九是由于文言越界,可是这越界不是侵

入,而是受到欢迎才混进去的。[1]

这个见解深中肯綮。既然文言经常越界,混入白话,本文对于白话的认定便在接近口语之外,也容纳了"兼用些浅近的文言",追求"通俗易懂"的文白混杂体。

"明白晓谕"的白话告示

清朝是少数民族建立的全国政权,汉语本非满人母语,再用文言写作,自然更加困难。其情形虽不至如蒙元统治者以白话书写圣旨与即位诏书[2],但行文的通俗化已相当明显。奏折后常见的皇帝批语"知道了",从康熙到宣统一以贯之,可谓最典型的一例。台北故宫博物院曾于2004年举办过"知道了:朱批奏折展",亦可见此三字白话几可视为朱批的代称。

由于朱批乃出自皇帝之手,反映了清代帝王的文字本色,故比臣下代拟、正式发布的诏书具有更多的口语成分。如《宫中档康熙朝奏折》第一份文件,为康熙十六年(1677)《浙江杭州府天目山狮子禅寺住持臣僧行淳谨奏为遵旨进缴御书御札恭谢天恩事》,玄烨所作的批语为:

> 览尔所奏进缴御书御札并谢天恩,其情一一悉备,知

---

[1] 张中行:《文言和白话》,第160、199页。
[2] 参见刘坚编著《近代汉语读本》所收《一二六八年周至重阳万寿宫圣旨碑》,以及徐时仪《汉语白话发展史》所引《元史》卷二十九泰定帝登极诏。前者是由成吉思汗"长生天气力里、大福荫护理里皇帝"(相当于汉语"上天眷命皇帝")发布的圣旨开头为:"管军官人每根底,军人每根底,管城子达鲁花赤官人每根底,过往使臣每根底宣谕之旨";末后署"圣旨俺每的"(相当于汉语"钦此"),"龙儿年十一月初五日,大都有的时分写来"。见刘坚编著:《近代汉语读本》,上海:上海教育出版社,2005年,第262—264页。后者是元泰定帝登极诏书,其后半说道:"今我的任皇帝生天了么么道,迤南诸王大臣、军上的诸王驸马臣像、达达百姓每,众人商量着:大位次不宜久虚,惟我是薛禅皇帝嫡派,裕宗皇帝长孙,大位次里合坐地的体例有,其余争立的哥哥兄弟也无有,这般,晏驾其间,比及整治以来,人心难测,宜安抚百姓,使天下人心得宁,早就这里即位提说上头,从着众人的心,九月初四日,于成吉思皇帝的大斡耳朵里,大位次里坐了也。交众百姓每心安的上头,教书行有。"宋濂等:《泰定帝本纪》,《元史》卷二十九,北京:中华书局,1976年,第638—639页。

道了。但世祖章皇帝御笔特赐老和尚，以光佛法，今遽收回，朕心甚为不忍。还赐于住持和尚收存。[1]

其间便不乏文白夹杂。倘若批示的对象为八旗近臣，则白话的程度显然更高。类似文档在《关于江宁织造曹家档案史料》中所在多有，仅示一例：康熙五十一年（1712）七月十八日，苏州织造李煦奏曹寅病重，代请赐药，折后的朱批作：

尔奏得好。今欲赐治疟疾的药，恐迟延，所以赐驿马星夜赶去。但疟疾若未转泄痢，还无妨。若转了病，此药用不得。南方庸医，每每用补济，而伤人者不计其数，须要小心。曹寅元肯吃人参，今得此病，亦是人参中来的。金鸡挐（按：原为满文）专治疟疾。用二钱末酒调服。若轻了些。再吃一服。必要住的。住后或一钱。或八分。连吃二服。可以出根。[2] 若不是疟疾，此药用不得，须要认真。万嘱，万嘱，万嘱，万嘱！[3]

其间白话口吻的使用，比文言公式化的"钦此"自然更透着亲切，更容易让臣下感激报效。此类朱批固然显示了皇家享有特权，再俗白的文字也无人敢耻笑，但亦确实酿成了一种风气，模糊甚至改变了白话原本隐含的阶层歧视，并浸染到官场中人某些特定的公文写作。

实际上，在光绪三十二年（1906）出版的《汉文典》中，作者来裕恂已将当时通用的包括"上逮下"之谕、

---

[1] 台北故官博物院故官文献编辑委员会编辑：《官中档康熙朝奏折》第1辑，台北：台北故官博物院，1976年，第1、4页。
[2] 原注：自"金鸡挐"起至此止，所有句圈，均是原有的朱圈。
[3] 《苏州织造李煦奏曹寅病重代请赐药折》，故官博物院明清档案部编：《关于江宁织造曹家档案史料》，北京：中华书局，1975年，第98—99页。

札、告示、批,"平行"之咨文、移文、照会,"下达上"之申文、详文、禀、呈,"外交"之约章、条约等所有"公移之文",一概归入"属于通俗之种类"的文体首列,与柬牍、语录、小说并置。其理由是:"此等文字,别有程序,但求明达,不事精深。"[1] 不过,来氏的归类已带有近代人的眼光与趣味。其未加区分的"上逮下""平行""下达上"等公文,在古代的文体分类著述中实际并不被平等看待。

历代公文中,本专有一类面向民众的下行文字,以便上令下达,一般称之为"榜文"或"告示"。恰恰是这类文字,尽管数量蓁多,在古代文体论述中却少有人关注[2]。按照研究者的分辨:

> 历史上告示的称谓有布告、榜文、文告、公告等多种,不同历史时期的称谓也有变化。明代前期及以前各代,"榜文""告示""布告"等名称混相使用。明代中叶以后,为了体现"上下有别"并区分其适用地域的范围,皇帝和中央机构其及〔及其〕长官的布告通常称榜文,地方各级政府和长官的布告则称为告示。

而无论榜文还是告示,均为"兼有法律和教化双重功能的官方文书"[3]。二者既为宣示大众的文字,自当迁就文化水平不高的下层百姓,其应通俗易懂,甚至有意使用白话,也是想象得到的题中之义。

这类日常公务性的文字,因一向不被视为可以流芳百

---

[1] 来裕恂:《汉文典注释》,天津:南开大学出版社,1993年,第397—398页。《汉文典》初版由上海商务印书馆1906年印行。
[2] 如明人吴讷的《文章辨体》与徐师曾的《文体明辨》,对榜文、告示均未加论列。
[3] 编者:《序言》,杨一凡、王旭编:《古代榜文告示汇存》第1册,北京:社会科学文献出版社,2006年,第1页。

世的"文章",因此各家文集中难得收录。即使有杨一凡与王旭经过二十多年的广泛搜集,编成十卷本的《古代榜文告示汇存》,所辑仍不过是九牛一毛。而历经战乱,各级地方政权所保存的文书档案亦散失严重,故"明代以前发布的榜文、告示大多失传"。特别是此类用于张贴的文告,"一般是应急而发","适用时效较短"[1],这一文体应用特征也缩短了其作为文件保管的时限。更为不幸的是其中白话布告,无论从审美角度还是重要性而言,在进入文集时,都会尽先遭到删汰。虽然在晚清一些重臣的文集中,公牍已获得了较之前更多的重视,不过,其中所录大多仍为奏折、咨文与札付,告示、尤其是白话文告并未得到应有的重视。

值得单独一表的是乾嘉年间的张五纬。其人从县丞起步,辗转于南北各地,长期担任县、州、府等基层政权机构长官,以"循能"著称:"每治一郡,不数月间,政化大行,士习民风日尚,治效之速,备受世人称道。"[2] 具此丰富的仕宦履历,张氏于嘉庆二十二年(1817)印行的《讲求共济录》,卷四所收"历任告示"也别具一格,总共三十四则文告中,白话竟超过了文言,占到十九篇;即使加上卷三"历任示谕"二十三篇中的五篇[3],白话文告的比例有所降低,却仍居五分之二,这在清代的官书中可谓仅见。而张氏的"治效之速",应当也与其多用"明白晓

---

1 编者:《序言》,杨一凡、王旭编:《古代榜文告示汇存》第1册,第2、5页。
2 辛从益:《〈讲求共济录〉跋》,张五纬:《讲求共济录》,嘉庆二十二年(1817)刊本,刊刻时间据卷首辛跋;杨一凡、王旭:《文献作者简介》,《古代榜文告示汇存》第10册,第600页。张五纬为监生出身,十九岁由贰尹入仕途,历任江西新建县县丞、南昌县知县、瑞州府铜鼓营同知、南康府知府(署)、南昌府同知,山东兖州府知府,湖南岳州府知府、长沙府知府(署)、衡州府知府,直隶保定府知府、大名府知府、广平府知府、天津府知府、定州直隶州知州、通永道、天津道,山东按察使。据《张五纬基本资料》(见 http://npmhost.npm.gov.tw/ttscgi2/ttsquery 0:0;npmauac: TM%三D%B－i%A4%AD%BDn)及前引杨一凡、王旭《文献作者简介》。
3 "历任告示"中有六篇为四、五、七言韵文示谕;"历任示谕"中的五则白话文告均为韵文体。

谕"的白话告示有关[1]。

张五纬刻意留存的案稿集虽为特例，但起码证明白话文告的数量其实相当可观。更多的情况则是如历任多官的李璋煜于道光年间刊印的《视已成事斋官书》。此编计十一卷，"以一官为一集"，更有意味的是，其"所谓文章者，皆察吏教民之语也"，即将古来不入"文章"之流的告示郑重其事地汇辑成个人文集。虽然从数量上估算，集中所收显然并非李氏为官作宰期间发布的全部文告，但已相当珍稀。既然有意在"官之与民"间"务去隔"[2]，因而编中多有浅白文字。如道光二十三至二十七年（1843—1847）在惠潮嘉道任内[3]所作《禁拨名示》：

照得设立官府，原为百姓中理冤枉。其实任被屈，不得不诉之于官者，自当据实呈诉，以凭官府拘讯究办。此间风气，往往罗织多人，称为"百余猛"。推原其故，皆被讼师土棍人等，图利架耸，其情可恶，其愚可怜。本道看来，凡民间田土水塘，坟山界址，及树植畜产等项，遇有争竞，是常有的事。若实在被邻乡本乡欺压，起了争端，只要请双方正派的公亲，替你们劝和，得了即了，不可便出家伙，就要闹事。……你们细细想想，还是忍耐的好，还是强很的好，还是老实的好，还是诈骗的好。若能

---

[1] 辛从益跋称其"甫莅任，出示晓谕军民，观听踊跃"。
[2] 何文绮：《〈视已成事斋官书〉序》，李璋煜：《视已成事斋官书》，道光二十八年（1848）刻本。关于"以一官为一集"，该书各卷注明的任职如下：卷一为"署江宁府任内"，卷二、三为"署扬州府任内"，卷四为"苏州府任内"，卷五为"署江宁藩司任内"，卷六为"署江苏臬司任内"，卷七至卷九为"惠潮嘉道任内"，卷十为"调署南韶连道任内"，卷十一为"广东按察司任内"。
[3] 据李璋煜《敦勉士民示》："照得本升道自二十三年冬月观察是邦，一赴省垣，一赴南韶；迫套冬擢任，复留办赈务，半载有余。"（《视已成事斋官书》卷九）另据陈历明编校《明清实录潮州事辑》（香港：艺苑出版社，1998年），知道光二十六年（1846）八月，李氏升任浙江按察使，但因"委办潮桥盐务"，"已有端绪，未便骤易生手"，"准其暂留惠潮嘉道本任"（第254—255页）。李氏在三年多的惠潮嘉道任内，所存公文稿不过五十四篇。

大家省悟，唤醒痴迷，救了多少性命，保了多少身家，就是好百姓，万不可辜负本道劝谕的一片苦心。切记切记！特示。

此文开篇还是文言气息，忽然转入白话，显得很不协调。不过，越到后面，白话倒是越多越流畅，当然，最终仍要回归公文套语。这篇收入《视已成事斋官书》卷八的文告，与卷十一作于道光二十七至二十八年（1847—1848）广东按察使任内[1]的《访拿讼棍衙蠹示》倒可相映成趣。后文不长，全录如下：

> 为明白晓谕事：本司在山东时也是百姓，最知百姓的苦楚。百姓万不得已，方打官司；地方官不能替他随告随审，拖累就无穷了。百姓万不幸，方遭劫窃；地方官不能替他拿赃起赃，受害就不浅了。本司家居目睹情形，深以为戒。粤东讼狱的苦累，盗贼的踪迹，较之山东更加百倍。自本年四月到任以来，屡屡与各属地方官坚明约束，欲清讼源而株累尚多，欲靖雀苻而鸮音未变，以致吾民纷纷控愬，弥抱不安。因思积案所以不结者，讼棍之把持串唆为之也；巨憝所以不除者，衙蠹之勾通贿脱为之也。讼棍衙蠹，暗中维持之，虽有明察之吏，整顿无由。现在密访两项人等，督同地方官设法拿办。本司耳目尚周，强御不畏，非施辣手，难望革心。勿谓言之不预也。此示。

这篇文告文、白错出的次序与前文正好相反，而作者日常对骈偶的偏好也尽情流泻其中。诸如两句"百姓""地方官"的列举，"欲清"与"欲靖"的排比，"因思"以下及

---

[1] 钱实甫：《按察使年表》，《清代职官年表》第3册，北京：中华书局，1997年，第2151—2152页。

"耳目尚周"等四句的两两相对,无论白话还是文言,都是力求工整的对偶句。特别是此类句式在全文中占到一半篇幅,则八股积习入人之深已昭然若揭。当然,这种文告中的白话之所以无法纯粹,也是在很大程度上受制于公文的程序要求。

其实,就白话而言,清朝各级地方政府更多使用的是一种韵文告示。许同莘在《公牍学史》中对其做过文体溯源:

> 榜文以四字为句者,近代谓之斗方告示,其体始见于应劭《风俗通义》。至宋时则州守劝谕部民,间一用之。真西山(按:即真德秀)再守泉州,《劝谕文》云:……全文凡六百余言,皆四字为句。又泉州隆兴《劝农文》,亦四言而用韵语;其一用五言韵语。虽名榜文,实歌谣也。[1]

近代所谓"斗方告示"本不限于四言,在清代也有不同的称呼。而此种在宋代"间一用之"的公文体式,入清后也随着满清官方语言的通俗化趋势而获得长足发展。

就中,汪辉祖(1730—1807)推波助澜的作用实不容低估。其于乾隆五十八年(1793)写成的《学治臆说》二卷,乃是"为吏者言治"[2]之书,一向被官场中人奉为官箴、指南。卷上有《告示宜简明》一条云:

> 告示一端,谕绅士者少,谕百姓者多。百姓类不省文义,长篇累牍,不终诵而倦矣。要在词简意明,方可人人入目。或用四言八句、五六言六句韵语,缮写既便,观览

---

[1] 许同莘:《公牍学史》卷五,北京:档案出版社,1989年,第142页;初版由上海商务印书馆1947年印行。
[2] 汪辉祖:《自序》,《学治臆说》,收许乃普辑:《宦海指南》,咸丰九年(1859)刊本。

亦易。庶几雅俗共晓，令行而禁止乎。

此言一出，以之为沟通官民的方便法门者纷纷学步。如李璋煜的《视已成事斋官书》卷九即收录了一则四言八句、一则六言六句的告示[1]，完全与汪氏的教导相符。值得关注的还有其所申说的"雅俗共晓"一语，相对于流行于下层社会的白话，通俗韵语介乎文白之间的模糊地带，百姓可晓，绅士亦不致因其鄙俚而排斥，由此反而成就了斗方告示在清后期的盛行一时。

从现存文本看，此类文字不只出现在完全由公文构成的官书汇编中，为重要人物编辑的全集也会予以收录。如左宗棠的《左文襄公全集》中，专有"告示"一卷，总共收入十篇文告，内有两篇采用四言体[2]。题为《禁种罂粟四字谕》的一则极言吸食鸦片的危害：

> 谕尔农民，勿种罂粟。外洋奸谋，害我华俗。
> 借言疗病，实以纵欲。吁我华民，甘彼鸩毒。
> 广土南土，吸食不足；蔓连秦晋，施于陇蜀。

左氏指出，流毒广远的鸦片吸食不但耗费金钱，使各行业的男女不事生产，而且伤害自家身体，所谓"家败人亡，财倾命促"，因而在篇末大声疾呼："自今以往，是用大告：罂粟拔除，祸根永剐。张示邮亭，刊发村塾。起死肉骨，匪诅伊祝。"在宣布禁约的同时，左宗棠也明示将以严刑峻法对付违令者："听我藐藐，则有大戮。"而最后的

---

[1] 四言八句者为《禁差役藉案滋扰示》，六言六句者为《禁差役私押平民示》。如前则云："已结各案，牵控有名。乡民畏拿，不敢入城。被差扰累，饮恨吞声。一经访出，责惩非轻。"

[2] 以光绪十六年（1890）开雕的《左文襄公全集》为底本的《左宗棠全集》，在"告示"一卷中又补入四文，其中一篇为斗方告示。本文所用为《左宗棠全集（札件）》（长沙：岳麓书社，1986年）。

"发言成韵,其曰可读"[1],则概括了此类韵语布告便于记诵流传的特点,正可与汪辉祖的说法相发明。只是这篇四字谕长达八十四句,已大大超过了汪氏的八句之约。由此可知,斗方告示的形式一旦流传开来,篇幅上便很容易突破成规。

尽管斗方告示已进入一些晚清重臣的全集,但相比于其他公文,数量仍极为稀少。左宗棠集中五分之一的比例已经算高,而究其实际,亦不过两则。曾任湖广总督的张之洞在庚子事变、东南互保时,留下过"颁四言韵示于境内",辜鸿铭以英语为驻汉口各国领事译述之,"于是中外帖服,人心遂安"的佳话。然而产生过强大威慑力的"谕旨钦遵,戢匪安民。造谣闹教,正法示惩"[2]的这则斗方告示,却并不见于为数八十四卷的《张之洞全集》"公牍"类中。目前存留的四则四言示稿也无一例外,均系于札文之后,明显带有附录的性质[3]。如以这样微末的数量作论据,很有夸大其事的嫌疑。即使此前张五纬的《讲求共济录》所收的二十四篇白话文告里,韵文示谕已多达十一篇,显示出其在实际应用中可能具有的普遍性,只是张书毕竟为特例。于此,幸好有近代报章出现,保存了大量原始资料,我们才可以更为清晰、准确地了解告示的发布情况。

同治十一年三月(1872年4月)在上海创办的《申报》,乃中国近代历时最久、深具影响力的一份大报。同年七月(8月)出任上海县知县的叶廷眷,可算是"升"逢其时。此公走马上任之初,即在《申报》发表《恤民示

---

1 左宗棠:《禁种罂粟四字谕》,《左宗棠全集(札件)》,第557页。标点有改动。
2 许同莘:《牍髓》卷二《外篇·通俗第三》,《公牍学史》,第342—343页。许氏曾在张之洞幕府中帮办文书,其说应可信任。
3 见《张之洞全集(公牍)》,石家庄:河北人民出版社,1998年,第5册,第3246、3263页;第6册,第4881—4882、4887页。

谕》，周知其决意改变"向来新官到任，署内应用一切器具什物等件悉由书役备办，名曰填宅"的旧习："为此示仰书差地保及铺户人等知悉，自示之后，如有不肖差保家丁在外招摇，借填宅名目，向店铺苛派扰累者，一经察出或被告发，定即严提重办，决不姑宽。"[1] 这一篇安民告示，倘若以江蓝生对于文言与白话的简单区分标准来衡量，"那些句中带有'之、乎、者、也、矣、焉、哉'的书面语是文言，而那些跟人们口头上讲的话大体一致的书面语是白话"[2]，则除去两处"之"字，此文竟无其他文言虚词，倒比李璋煜的白中掺文告示更易解读。并且，自此以后，叶知县的公告隔三差五即在《申报》刊出，其人也可称为最早善于利用新兴报刊的地方官员。

频频在《申报》露面的叶廷眷，果然是"新官上任三把火"。就职半年之内，便接连启动了都台河、护城河、三林塘河三项河道清挖工程。而韵文告示亦在其中扮演了极为重要的角色。

同治十一年九月（1872年10月），先是都台河动工。为此，十月十六日（11月16日）的《申报》上，首次揭载了由叶廷眷发布的《河工告示》：

> 该处都台河道，现已筑坝兴挑。
> 出土十丈以外，就近不准弃倒。
> 倘敢贪便倾卸，定即押令挑好。
> 河工黎明上工，勿许挨延缺少。
> 薄暮停工时候，各开水线一条。
> 各董差保夫头，传谕一律遵照。[3]

---

[1] 《新任上海县叶宪恤民示谕》，《申报》，1872年8月14日。
[2] 江蓝生：《古代白话说略》，第5页。
[3] 《邑尊开浚都台河工告示》，《申报》，1872年11月16日。

为有效督促，半个月后的十一月二日（12月2日），叶县令又在《申报》上接连刊布了两则《河工告示》，且均采用六言韵语体，可见其确实热衷此道。根据新闻报道，疏浚都台河工程自九月二十六日（10月27日）堵坝，十月五日（11月5日）开工，开挖河道总长为二千二百四十九丈，共计土方量四万六千四百六十七方。由于工期紧（"限一个月蒇事"），施工量大，叶氏"常诣工所，亲自督率"[1]。为保证质量、加快进度，在后出的告示中，他也一再要求："尔等逐挑实地，务遵应浚丈尺。各夫实力赶挑，更须加紧捞挖。"[2] 而以斗方告示的形式对从总董到役夫的各级施工人员反复训令，及时通告各项规定，确实有利于明确责任，使工程能够尽早完工。

应该是受到了这一成功先例的鼓舞，在《申报》十一月二十五日（12月25日）刚刚宣告开浚都台河"大工告成"[3] 之后不过两天，叶廷眷又再接再厉，公布了《捞浅城河告示》。该文也如前一般，仍取六言十二句韵语：

> 天旱城河淤浊，现经雇夫清理。
> 凡尔柴粪船只，未便聚泊一处。
> 应各暂移城外，船夫方可捞泥。
> 粪牙船行保甲，遍行传谕勿遗。
> 沿河铺户居民，莫将垃圾倾弃。
> 大众各相警戒，庶几同沾水利。[4]

而仅仅过了一天，《申报》上即再次出现叶知县关于挑浚三林塘河的告示。并且，这份通告不但有散文体，也同时

---

1 《记邑尊开张家河工》，《申报》，1872年11月26日。
2 《河工告示·又示》，《申报》，1872年12月2日。
3 《叶邑尊开浚都台河工土方段落》，《申报》，1872年12月25日。
4 《邑尊捞浅城河告示》，《申报》，1872年12月27日。

使用了被称为"短句告示"[1]的韵文体。只是，此回已非区区十二句所能打住，叶氏显然兴致大发，篇幅于是比前文扩增了一倍。

在很短时间内如此密集地接二连三刊发斗方告示，当然可能有叶廷眷个人的趣好，借由报纸的流播，也扩大了其影响力，但此种布告体式之受欢迎、有效力，才应是激发这位行政长官高效生产的最大动力。而叶氏的做法本身亦具有示范意义，此后在《申报》出现的各级官员的韵文告示，其内容便不再限于河工，凡是牵涉面较广的公共事务，无论大小，都可借此"明白晓谕"。

如清明寒食节的折柳习俗，在中国传统中是雅事，所谓"清明攀折柳条，系招介子推魂"。但在租界中，由于文化背景相异，此举便遭遇抵拒，甚至会引来官司。如同治十一年（1872）即因此发生过纠纷。当时西人铺设的"马路直接静安寺一带，西商布种树木尚未成荫，为人攀折者，皆为巡捕获送，清明节送到公堂者不下百数十人"。时任公共租界会审公廨中国谳员的陈福勋参与审案，尽管存心回护，但格于"工部局定章，未便故意开脱"，只好"分别申饬，或令随意罚钱一二百或数十文充偿"。并且，其所拟结案堂谕中有句云："东园杨柳，却非塞北章台；西国甘棠，莫作江南驿赠。"因用典适切，"语意文雅，一时传为美谈"。可惜，这样的美文只能为文人雅士所欣赏，普通民众却无法领会其奥妙。于是，转年临近清明之际，陈氏为免士民误触法网，"先期晓谕"，便出之以雅俗共赏的"短句告示"，借《申报》宣言：

---

[1] 《上海叶邑尊挑浚三林塘河》《又开挑三林塘河工短句告示》，《申报》，1872年12月28日。

时届清明，桃柳发坼。租界所种，素所爱惜。
往岁士民，每多攀折。被获送案，致于惩斥。
特此谕知，勿蹈前辙。倘敢故违，后悔莫及。[1]

此则告示虽由叶廷眷喜用的六言改作四言，但全篇仍取十二句之数，这也是一个易于观览与记诵的长度。

至于光绪二十四年五月二十八、二十九日（1898年7月16、17日），由分巡苏松太兵备道（通称"上海道台"）蔡钧与上海知县黄爱棠先后发出的"六言示谕"与"六言告示"，所针对的已是法租界公董局强占四明公所、拆毁围墙，引发民众抗议风潮，法兵开枪致死伤多人的重大政治事件。曾经有过驻西班牙参赞的出使履历，又十分推崇交涉之道的蔡钧[2]，在事发当晚分贴法租界的告示中，既须恪守地方长官的职责，维护国家与国人的利益，又希望控制事态发展，息事宁人，落笔之时便相当艰难：

照得四明冢墙，早年圈入法界。
彼此长久相安，自来保护藉赖。
只因欲办善举，苦于界内地隘；
因此法公董局，欲将冢地租买。
迭为尔等调停，另觅一地以代。
无如福建义冢，早经迁移界外。
因此筹办为难，犹思保全无碍。
昨午事机较紧，通宵会商不懈。
原思展限宽期，今将围墙拆坏。
知非绅民所愿，亦系出于无奈。

---

1 《陈司马禁攀折柳枝短句告示》，《申报》，1873年3月26日。
2 参见笔者《上海道台跳舞会记》，《文物天地》2003年第5期。

> 本道煞费苦心，始终难代化解。
> 赶即禀明上宪，一面谕董商办。
> 尔等务顾大局，切勿逞愤图快。
> 须知仅取一隅，并非公所全块。
> 设使一朝偾事，贻祸国家堪畏；
> 特此谆谆告谕，以免自贻后悔。
> 倘有无业匪徒，藉端簧惑致啄；
> 定必按名严拿，照章重办不贷。[1]

读此浅白韵语，不难察觉其书写刻画之淋漓尽致，反比程序化的文言告示更加生动传神。故而，其对民众的动之以情、怖之以法也更易奏效。

蔡钧的示谕见报之时，已在晚清白话报刊逐渐兴起之际。继光绪二年三月五日（1876年3月30日）申报馆发行的第一份白话报《民报》很快夭折之后，光绪二十三年十月（1897年11月）创刊的《演义白话报》，却真正成为了白话大潮涌起的先声。要启蒙大众，必须扩大白话的使用范围，已为有识者所信奉，正如康有为万木草堂弟子陈荣衮所说："大抵今日变法，以开民智为先；开民智莫如改革文言。"[2] 改用《大公报》主人、满人英敛之的白话表述，即为："如今中国兴办新政的地方太多，第一就是先得开通民智。人民不认识字的太多，不得不将就对付。怎么个对付呢？就是提倡白话文。"[3]

英敛之本人不仅"提倡"，而且从光绪二十八年五月十二日（1902年6月17日）《大公报》创办之日起，即开始在"附件"栏不时登载白话文。在从中选编的白话文

---

[1] 《详纪公所被夺后情形》，《申报》，1898年7月18日。
[2] 陈荣衮：《论报章宜改用浅说》，《知新报》第111册，1900年1月。
[3] 《白话告示的好处》，《敝帚千金》第17册，1906年9月7日。

录《敝帚千金》两集大受欢迎后,光绪三十一年七月(1905年8月),《大公报》即沿用此名,开始逐日印行白话附张[1]。而上引次年七月(1906年9月)英氏在《敝帚千金》上写作的这篇白话文,用意本在提倡白话告示:

政府里再出告示,一律改用白话,越浅近越好。有个政令,贴出告示去,叫那认识字的人,念给不认识字的听,念完了大家也就都明白拉,这有多们省事呢。

需要强调的是,这里用的是"一律",说明作者显然很清楚此前的告示中已有白话书写。不过,与汪辉祖的告示"谕百姓者多",而"百姓类不省文义"的考虑相同,英敛之也认为,"我们中国的人民,认识字的,一百个人里头,不过才有两个三个。就是有个认识字的人,也不晓得那文字眼儿是怎么讲"。因此,在他看来,"政府里出的告示,本是叫人民,大家奉行的事情",应该"跟当面交派的话,是一个样"[2]。而要做到这一点,就必须从先前的部分使用白话,转变为一律写作白话告示,如此才能要求所有人民遵守奉行。而与汪辉祖一味强调令行禁止不同,近代报人英敛之已明确将白话告示与"兴办新政""开通民智"联系起来。二者在当时的语境中都一致指向富国强兵,激发民众参与新政的热情亦已包含在内,并正在成为现实。这也应该是英氏在文中以"人民"取代古来惯用语"百姓"的深刻用心。

而随着白话文运动的迅速扩展,以清末至少两百多种

---

[1] 参见杜新艳:《〈敝帚千金〉研究》,北京大学硕士学位论文(未刊稿),2004年。其中部分内容以《白话与模拟口语写作——〈大公报〉附张〈敝帚千金〉语言研究》为题,收入夏晓虹、王风等:《文学语言与文章体式——从晚清到"五四"》(合肥:安徽教育出版社,2006年)一书。

[2] 《白话告示的好处》。

白话报刊的强大阵容与声势，其对于白话写作的呼吁，也着实使得白话文告数量大增。此时，连韵文告示这类"迁就愚民"的浅俗文字亦被认作不合格，不仅"念出来总不顺嘴，大概勉强凑成句儿的多"，而且"文义不通的人念着，还是莫名其妙"。从言文合一的要求出发，《京话日报》的主笔因此提出了更高的标准："据我们的见解，凡是告示文字，都当用白话编成。各处的言语不同，也可以随着土音编造。"[1] 此文刊出后不到半月，在官话书写上具有优势的京师外城工巡分局已经起而响应，颁发纯粹的白话告示：

　　查现在快到新年的时候，各铺户住户，有祭神有开张的，必要放些个鞭炮。若要是放那不往高处飞升的炮竹，还不致有什么危险；要是放那双响炮竹和起花等类，一定是往高处里飞升。现在天气这么样老不下雪，各样对象都是干燥的。倘然飞起来的火星儿，落在容易引火的对象上，着起火来，害处实在不小。若烧了自己的房子对象，那是自不小心，无的可怨；倘若延烧别人房子，总得将放炮竹的人，究问出来，送到当官，按例治罪，那时后悔岂不晚了？看起来这放双响花炮和起花，真是有损无益。我们工巡局，原有保护人民公安的责任，岂可不预先告诉大众知道，免得叫住户铺户受了害？你们要是心疼自己合人家的房子对象，怕担那放火的罪过，就应该不放这等花炮才是。

此布告一贴出，即让《京话日报》的编辑大为兴奋，称道"工巡分局，可称为第一开通"，"这分巡局的官长，一定

---

[1] 《文言不喻俗》，《京话日报》第155号，1905年1月17日。

是个明白道理的人，居然用了本报说的话，可敬可感"[1]。工巡局（后改称"巡警厅"）本属新政机构，用京话出告示自然也应算作革新之举。

而如果要为从朱批到告示的清代公文与晚清白话文运动的内在联系找到当事人自觉的论证，窃以为，黄遵宪光绪二十八年（1902）致严复信中所言最为有力。严复不赞同梁启超在《新民丛报》上批评其所译《原富》"太务渊雅"，"非多读古书之人，一翻殆难索解"，针对梁氏就此发出的"文界之宜革命久矣"的慨叹，反驳说："若徒为近俗之辞，以取便市井乡僻之不学，此于文界，乃所谓陵迟，非革命也。"[2] 黄遵宪为此致函严复，表明立场：

公以为文界无革命，弟以为无革命而有维新。如《四十二章经》，旧体也，自鸠摩罗什辈出，而内典别成文体，佛教益盛行矣。本朝之文书，元明以后之演义，皆旧体所无也，而人人遵用之而乐观之。文字一道，至于人人遵用之乐观之，足矣。[3]

在支持梁启超倡导的"文界革命"的论述中，"本朝"即清代之"文书"正与小说演义同列，明确认定了其俗语性质。虽然黄遵宪所下"皆旧体所无也"的断语并不准确，但白话在清朝官方文书中已成气候，"人人遵用之而乐观之"的事实，已分明证实白话文告理应被视作晚清白话文运动的一个重要源头。

---

[1] 《工巡分局出了白话告示》，《京话日报》第167号，1905年1月29日。以上两条材料由郭道平提供，特此致谢。
[2] 《绍介新著·原富》（原文未署名）；以及严复：《与〈新民丛报〉论所译〈原富〉书》，《新民丛报》第1、7号，1902年2、5月。
[3] 黄遵宪：《致严复书》（1902年），收王栻主编：《严复集》第5册（北京：中华书局，1986年），第1573页。标点有改动。

"家喻户晓"的《圣谕广训》

除了与民众日常生活关系密切的官府告示,另有一种由地方官与读书人竞相参与编写的"圣谕"与《圣谕广训》阐释本,可统称为《圣谕广训》系列读物,在清代社会也具有强大的渗透力,对白话文的传播同样功不可没。

按照对明清庶民生活做过专门研究的台湾学者王尔敏的说法:"在清代二百余年历史中,《圣谕广训》是朝野最熟知之书,大致除去《时宪通书》及《万宝全书》两者之外,就是《圣谕广训》为全国第三种最通行之普通书籍。"[1] 而关于此书的来历,简言之,即是雍正皇帝对康熙皇帝教化民众的"圣谕十六条"所作的解说。

康熙九年(1670)十月,清圣祖在给礼部的一道上谕中,鉴于"至治之世,不以法令为亟,而以教化为先"的深谋远虑,提出:

> 朕今欲法古帝王,尚德缓刑,化民成俗,举凡敦孝弟以重人伦,笃宗族以昭雍睦,和乡党以息争讼,重农桑以足衣食,尚节俭以惜财用,隆学校以端士习,黜异端以崇正学,讲法律以儆愚顽,明礼让以厚风俗,务本业以定民志,训子弟以禁非为,息诬告以全良善,诫窝逃以免株连,完钱粮以省催科,联保甲以弭盗贼,解雠忿以重身命,以上诸条,作何训迪劝导,及作何责成内外文武该管各官,督率举行,尔部详察典制,定议以闻。

而礼部于十一月奏禀时,对于推行方法即已明确为"应通

---

[1] 王尔敏:《清廷〈圣谕广训〉之颁行及民间之宣讲拾遗》,收周振鹤撰集:《圣谕广训:集解与研究》,上海:上海书店出版社,2006年,第633页;初刊《近代史研究所集刊》第22期(下),1993年6月。

行晓谕八旗,并直隶各省府州县乡村人等,切实遵行"[1],由此揭开了解读、宣讲"圣谕十六条"的序幕。

至雍正二年(1724)二月,清世宗又将"上谕十六条寻绎其义、推衍其文,共得万言,名曰《圣谕广训》"[2],颁行全国。此"万言"书不仅很快成为科举考试初级阶段童生应试的默写科目,与应考八股文必须背诵的《四书》获得了同样的重视;而且亦厕身各级官学,为教官必须"传集诸生""朔望宣讲"的固定篇目之一[3]。当然,其所期待的最大读者群乃为"群黎百姓",必欲使之"家喻而户晓也"。不过,雍正皇帝虽自许《广训》"意取显明,语多直朴"[4],但因所用文体仍为文言,其亟图教化的黎民百姓便不可能完全了悟,实与康熙皇帝"化民成俗"、稳固统治的宏图大略尚有距离。于是,接续先前的通俗化思路,只是将对康熙"十六条"本身的解说扩大到兼及《圣谕广训》,一场更大规模的圣谕宣传活动就此展开。

而从康熙到雍正,对于十六条"圣谕"的宣讲也逐渐制度化。雍正七年(1729)闰七月,经大学士马尔赛等奏准:"直省各州县大乡大村人居稠密之处俱设立讲约之所","每月朔望齐集乡之耆老、里长及读书之人,宣读《圣谕广训》,详示开导,务使乡曲愚民共知,鼓舞向善"。并将其规定为地方官的日常职责,纳入考核范围,州县官员如"不实力奉行",则督抚应"据实参处"[5]。尽管此初一、十五定期宣讲《圣谕广训》的制度也有形同虚

---

1 《圣祖实录》卷三十四,《清实录》第 4 册,北京:中华书局,1985 年,第 461、466 页。
2 清世宗:《〈圣谕广训〉序》,收周振鹤撰集:《圣谕广训:集解与研究》,第 559 页。
3 《教官事例》,《钦定礼部则例》卷五十三,乾隆四十九年(1784)刻本。另,关于童生考试须默写《圣谕广训》的规定,见周振鹤:《圣谕、〈圣谕广训〉及其相关的文化现象》,收周振鹤撰集:《圣谕广训:集解与研究》,第 584 页。
4 清世宗:《〈圣谕广训〉序》,《圣谕广训:集解与研究》,第 559 页。
5 《讲约事例》,《学政全书》卷九,收周振鹤撰集:《圣谕广训:集解与研究》,第 512 页。

设的弛废之时,不过,直至清末,这项活动仍绵延不绝。

由地方官督导,以将《圣谕广训》熟读成诵的生员为主力,在遍布各地的至少两万个以上的讲约所[1]中,月复一月、年复一年地进行着宣讲,不难想象,如此庞大的需求,会催生出多少译解类文本。何况,地方官要显示政绩、规范导向,宣讲者想树立楷模、留名后世,也使得类似的创作与翻刻层出不穷。幸好有周振鹤撰集的《圣谕广训:集解与研究》一巨册出版,让我们得以大开眼界。收入此编中的各种讲解康熙"圣谕十六条"与雍正《圣谕广训》的中文著作已达三十种,这还不包括其所经眼的与善书合流之作以及复刻本;并且,周氏亦坦承,其汇编仍有缺失。而在耿淑艳所作《圣谕宣讲小说:一种被湮没的小说类型》一文中,又补充了多种由岭南士人创作的宣讲故事集[2]。甚至民国年间,这类读物仍在重印[3],足见其影响的深入与持久,也显示出《圣谕广训》解说类书册的普及以至泛滥。

既然以教化百姓为目标,这些"圣谕"与《圣谕广训》的阐释文本因此多半采用了白话体。在周振鹤收集的三十种著作中,除去雍正皇帝的《圣谕广训》与赵秉义的《广训附律例成案》(即《圣谕广训》加律例成案)可以不计,余下各书内,白话读物占二十三种[4]。据此也可以断言,在广泛流播的《圣谕广训》注释本中,直解直译的白话书为绝对主流。

这些解说的白话水平尽管参差不齐,其中的优秀之

---

[1] 此数字根据周振鹤的估算,见周振鹤:《圣谕、〈圣谕广训〉及其相关的文化现象》,《圣谕广训:集解与研究》,第586页。
[2] 耿淑艳:《圣谕宣讲小说:一种被湮没的小说类型》,《学术研究》2007年第4期。
[3] 如周振鹤提及的1917年版《宣讲维新》、1924年版《宣讲选录》(见周振鹤:《圣谕、〈圣谕广训〉及其相关的文化现象》,《圣谕广训:集解与研究》,第626页),耿淑艳论列的1928年版《宣讲余言》(见耿淑艳:《圣谕宣讲小说:一种被湮没的小说类型》)等。
[4] 《圣谕像解》(梁延年)、《恭释上谕十六条》(蒋伊)、《韵文衍义》(张亨衢)、《宣讲刍言》(简景熙)与《圣谕广训疏义》(广仁善堂)五书为文言写作。

作,依照在文化语言学上颇多著述的周振鹤的看法,则是"语言生动,修辞高明","白话是精彩已极,如同评话说书,甚至可以品出方言的味道"。得周氏如此称赞,且经其考证,"应被视为诠释圣谕十六条的第一人"[1]之陈秉直,所著《上谕合律注解》因此值得看重。现特抄录该书解说"敦孝弟以重人伦"的开头几句如下:

你们众百姓可晓得为何上谕第一条把人伦说起?只为人生天地间,父子、兄弟、君臣、夫妇、朋友是个五伦,人人有的,所以叫做"人伦"。然人自少至长,未有君臣、夫妇、朋友之时,先有父子、兄弟,那父子、兄弟实为人伦之始,所以皇上先说出"孝弟"两字来叫你们知道。[2]

陈氏后任浙江巡抚,满洲镶黄旗人的出身,应是其官话著述得心应手的一大原因。

无独有偶,清代最流行的《圣谕广训》讲解本中,亦有一种出自天津人王又朴之手。王氏其时的官职为陕西盐运分司,所著《圣谕广训衍》,其文字也被周振鹤赞叹为:"王氏的白话翻译写在二百多年前,但是其平明流利的程度,连民国时期的某些擅长白话的小说家都应自叹不如。"[3]同样摘引其所译《圣谕广训》第一则开篇的文字为例。雍正的文言写的是:

我圣祖仁皇帝临御六十一年,法祖尊亲,孝思不匮,钦定《孝经衍义》一书,衍释经文,义理详贯,无非孝治天下之意,故圣谕十六条首以孝弟开其端。朕丕承鸿业,

---

[1] 周振鹤:《圣谕、〈圣谕广训〉及其相关的文化现象》,《圣谕广训:集解与研究》,第595、596、597页。
[2] 陈秉直:《上谕合律注解》,收《圣谕广训:集解与研究》,第4页。
[3] 周振鹤:《圣谕、〈圣谕广训〉及其相关的文化现象》,《圣谕广训:集解与研究》,第605页。

追维往训，推广立教之思，先申孝弟之义，用是与尔兵民人等宣示之。

王又朴的白话译文为：

> 万岁爷意思说：我圣祖仁皇帝坐了六十一年的天下，最敬重的是祖宗，亲自做成《孝经衍义》这一部书，无非是要普天下人都尽孝道的意思，所以圣谕十六条，头一件就说个孝弟。如今万岁爷坐了位，想着圣祖教人的意思，做出《圣谕广训》十六篇来，先把这孝弟的道理讲给你们众百姓听。[1]

其白话衍述不但贴切，而且不露翻译痕迹，实在难得。这样的白话著作挟官方之力，与皇帝圣谕合并大量印行，其具备相当的权威性，能够顺利抵达各阶层，亦可想见。

引人注目的是，延至晚清，《圣谕广训》的宣讲更与时俱进，出现了分化与变形。随着维新变法的启蒙思潮日益深入人心，报章、特别是白话报刊在各地的兴起，演说亦逐渐风行。报纸、演说加上教授新知的学校，被梁启超称为"传播文明三利器"，其间的分别是："大抵国民识字多者，当利用报纸；国民识字少者，当利用演说。"而无论哪一种"文明普及之法"[2]，都摆脱不了《圣谕广训》的影子。

光绪二十七年（1901），山东巡抚袁世凯奏办山东大学堂时，其试办章程的"条规"中即明列："每月朔望，

---

[1] 清世宗：《圣谕广训》；王又朴：《圣谕广训衍》，收《圣谕广训：集解与研究》，第162—163页。
[2] 任公：《饮冰室自由书》，《清议报》第26册，1899年9月。此则原未单独标目，收入1902年横滨新民社版《清议报全编》时，题为《文明普及之法》，同年由横滨清议报馆活版部出版的《饮冰室自由书》单行本中，则改题为《传播文明三利器》。

由教习率领诸生行礼,并宣讲《圣谕广训》以束身心。"[1]而在次年颁布的《钦定学堂章程》里,无论是京师大学堂、高等学堂,还是中学堂、小学堂的"堂规",也都载有"教习、学生一律遵奉《圣谕广训》","每月朔,由教习传集学生,在礼堂敬谨宣读《圣谕广训》一条"[2]的规定。可见,在官办的新式学堂中,最初仍有意保留已成规制的宣读或宣讲《圣谕广训》这一传统节目,只是山东大学堂的做法更接近原样照搬。不过,其间的新旧抵牾显然已为主持学务的朝臣察知,转年,《奏定学堂章程》颁行,以上规约已经取消。但有意味的是,《圣谕广训》并未完全退场,而是转变了功能。通行本《圣谕广训直解》在"中国文学"学科中,已被指定为"习官话"的教材,因"其文皆系京师语",每星期应学习一次[3]。尽管这一举措怀有暗度陈仓的深心,我们却更当重视《圣谕广训》的白话阐释本已然堂皇进入官办新学课堂的事实。换言之,这正是晚清白话文运动在官方教育系统被接纳的曲折反映。

白话杂志在南北各地逐渐兴起后,至光绪二十八年(1902),报纸中又有《大公报》首开白话栏目[4]。而英敛之"每日俱演白话一段,附于报后,以当劝诫"的"化俗之美意",也大受时人关注,"颇蒙多人许可","各报从而效之者日众"[5]。英氏的举动自然会引起其时已调任直隶总督、同居天津的袁世凯的注目。在其指令下,同年十一

---

[1] 《光绪二十七年(1901)山东巡抚袁世凯奏办山东大学堂折(附章程)》,朱有瓛主编:《中国近代学制史料》第1辑下册,上海:华东师范大学出版社,1986年,第791页。
[2] 《钦定大学堂章程》《钦定高等学堂章程》《钦定中学堂章程》《钦定小学堂章程》《钦定学堂章程》,1902年。引文见后三种章程中。
[3] 《高等小学堂章程》《奏定学堂章程》,学校司排印局,1904年。
[4] 英敛之在《〈敝帚千金〉凡例》中曾自言:"中国华文之报附以官话一门者,实自《大公报》创其例。"英敛之:《〈敝帚千金〉凡例》,《敝帚千金》第1册,1905年8月。
[5] 英敛之壬寅年五月十八日(1902年6月23日)日记,《英敛之先生日记遗稿》,沈云龙主编:《近代中国史料丛刊续辑》第22册,台北:文海出版社,1974年,第516页;英敛之:《〈敝帚千金〉凡例》。

月二十六日（1902年12月25日）创办的二日刊《北洋官报》，每期封面上均连载吕守曾编撰的《圣谕广训直解》。这一别出心裁的编排方式，除了尊崇上谕的意思外，实际也把白话放在了官报最显眼的位置，而其间未必没有《大公报》刊载白话文的影响。

更明显的是与白话报章结盟的演说。台湾学者李孝悌在研究清末下层社会的启蒙运动时，已窥见"演说"与"宣讲"有关，并认定："从宣讲到演说，我们一方面可以看出时代蜕变的痕迹，一方面也可以看出新生事物、现象的根苗。"[1] 而笔者更关注的是，晚清《圣谕广训》的宣讲在逐渐蜕变为承载新知识，以启蒙为目标的演说过程中，官方与民间的合作及其制度化的过程。

由直隶总督袁世凯授意创立的天齐庙宣讲所，在天津显然具有首开风气的示范意义。该所于光绪三十一年六月初一（1905年7月3日）开张，"每晚自八点钟至十点半钟，宣讲《圣谕广训》及古今中外各种有益之书"，后者既有《朱子格言》《训俗遗规》等传统道德读本，也有时新的《国民必读》以及包括《大公报》《京话日报》《天津日日新闻》在内的"各种报章"。每日轮值的主讲人多为本地士绅，每周两次，袁世凯的总督署乐队还会在宣讲间歇奏乐助兴。由于形式多样，演说生动，故开办之后，即吸引了大批听众[2]。

这一官民合力的成功模式不仅在天津迅速推广，而且很快影响到京城。学部于光绪三十二年四月（1906年5月）制订的《奏定各省劝学所章程》，已明确将"宣讲所"纳入各厅、州、县必须设立的劝学所建制中。有关规定也

---

[1] 李孝悌：《清末的下层社会启蒙运动：1901—1911》，石家庄：河北教育出版社，2001年，第94页。
[2] 《宣讲所牌示》《纪宣讲所》，《大公报》，1905年7月1日、8月15日、7月26日。

强调了与宣讲《圣谕广训》的衔接，内容要求与天津成例亦相近：

> 各属地方一律设立宣讲所，遵照从前宣讲《圣谕广训》章程，延聘专员，随时宣讲。……宣讲应首重《圣谕广训》，凡遇宣讲圣谕之时，应肃立起敬，不得懈怠。……其学部颁行宣讲各书，及国民教育、修身、历史、地理、格致等浅近事理，以迄白话新闻，概在应行宣讲之列。[1]

在随后公布的《学部采择宣讲所应用书目表》中，可以看到，列于首位的仍是《圣谕广训》，此外，《训俗遗规》与《国民必读》两种见于天齐庙宣讲所的书目也在其中[2]。

对这种新旧混杂的现象，目光敏锐者如《大公报》主人英敛之已及时表达过不满。在他看来，"《训俗遗规》等书，其间不免有不合时宜之旧理"，"与国民之新智识相矛盾"。因为"演说一道，影响于社会者极大，开风气、牖民智，端赖于此"[3]，所以，他最担心的是，"讲的稍有个宗旨不正，好者弄成一个从前初一、十五宣讲圣谕的具文，坏者结成一个寻常说书厂儿的恶果"。为此，英氏迫切要求"宣讲所主讲的诸公"，真正负起"开通民智的极大的责任"。不过，这些评说都是专就内容而言，至于沿袭宣讲《圣谕广训》而来的"宣讲所"名称，英敛之倒并不反感。甚至在其心目中："这宣讲二字，也就是演说的别名儿。"[4] 如此，反映出以往的圣谕宣讲植根之深，即使

---

[1]《遵议各省学务详细官制办事权限并劝学所章程》，《学部官报》第 2 期，1906 年 9 月。
[2]《学部采择宣讲所应用书目表》，《学部官报》第 4 期，1906 年 10 月。
[3]《纪宣讲所》，《大公报》，1905 年 8 月 15 日。
[4]《敬告宣讲所主讲的诸公》，《大公报》，1905 年 8 月 16 日。

对其颇为反感的英敛之[1]，也无法割断二者间的联系。

口头的宣讲或演说，落在纸面上即为白话文。晚清的文言杂志时常将白话栏目称为"演说"或"演坛"[2]，但其中真正的演讲稿并不多，由此正可见出白话与演说关系之密切。或者也可以认为，晚清的白话文实为模拟演说的写作。天津知县唐则玙于光绪三十一年十二月初五、初十（1905年12月30日、1906年1月4日）在西马路与河东地藏庵两处宣讲所的演说，为我们提供了晚清官方主导的宣讲标本。这两篇保留在《大公报》附张《敝帚千金》上的白话讲稿，开场白完全一样：

> 本县是地方官，有亲民之义务，有教养之责任。今与各位白话讲讲。设宣讲所是为民智不甚开通，不知争胜，不能自强。所以请几位读书明理的先生，每晚登台演说，或讲康熙皇帝的《圣谕广训》，或讲大人先生训俗警世的书，或讲本朝的《圣武记》，或讲劝人行善的格言，总是有益人心风俗的好话。

而接下来演讲的主题，一次是"合群"与"崇俭"，一次是"正人心"与"自强"[3]。在宣讲《圣谕广训》等老套的话头下，引发出的已是含有"合群"与"自强"这类关切时局的新理。

---

1 虽不便公开挑剔《圣谕广训》，但英敛之多次透出对其不以为然。如1902年11月6日《大公报》发表的《说演说》，则将"演说"及开民智所需要的言论自由与《圣谕广训》所代表的言论一律对立起来："但窃谓中国欲演说之风盛行，以拔颛愚之幽滞者，非先阐明言语自由之公理不可。若为上者之意，常以自由为非，则斯民所得餍闻者，舍《圣谕广训》之外，无他物也。斯民之智，予日望之！"
2 因有专门的白话杂志，因此文白混杂现象在女报中尤其明显。如创刊于1902年5月的《女报》（《女学报》）有"白话演说"（后改为"演说"）栏，1904年1月创办的《女子世界》有"演坛"栏。
3 《十二月初五日西马路宣讲所开讲天津县正堂唐演说白话》《十二月初十日天津河东地藏庵宣讲所开讲唐县尊演说》，《敝帚千金》第9册，1906年1月3、14日。

其实直到宣统二年（1910），《圣谕广训直解》在官方眼中，仍可与国民通俗教育挂钩。为取代高步瀛与陈宝泉于光绪三十一年（1905）编写的白话本《国民必读》，清朝学部于宣统元年（1909）已在酝酿编辑新版《国民必读》课本。次年，书出试行，因其"系专备各学堂暨简易识字学塾之用，惟于不能入学之人民尚未筹及"，故又有白话本之议，其取法样板正是《圣谕广训直解》：

> 伏维我圣祖仁皇帝御制圣谕十六条，我世宗宪皇帝御制《圣谕广训》，先后颁行天下，凡士子岁科试敬谨默写，著在令甲，久经遵行。而地方官吏敬谨宣讲，以晓军民，亦复垂为故事，且有以白话演为《直解》等书者，取其语意浅明，妇孺共晓，与现纂《国民必读》之意隐合。臣等拟俟试行之后，熟察何种课本之尤为适用者，即据以演成通俗之文，作为定本，发交各地方劝学、宣讲等所，广为教授传播，务使人人能明国民之大义，以植预备立宪之基础。

而在预备立宪之际，这本立意"为国民完其道德，扩其智识，定其责任"[1]的《国民必读》课本的普及方式，仍然沿袭的是《圣谕广训直解》的路数，则《圣谕广训》的白话解读本始终作为晚清白话文运动的一条线索存在，已是确定无疑。

其实，无论是官方有意识的溯源，还是民间不自觉的沿用，甚至对之心怀异见者如英敛之，《圣谕广训》的宣讲与白话注疏读物这一贯穿清代历史的文化现象，都已成为沉淀在时人意识最深处的记忆与司空见惯的日用常识，

---

[1] 《奏编辑〈国民必读〉课本分别试行折》，《学部官报》第114期，1910年3月。

随时会被召唤出来。实际上，正是借助《圣谕广训直解》，白话已然成为政府认可的学堂教材，并登上了官办杂志的封面，在朝廷上下受到了前所未有的尊崇。而晚清白话文运动的参加者原本来自不同阶层与政治集团，"开通民智"也是一个可以为社会各种力量接受的口号[1]，由《圣谕广训直解》所代表的渊源甚深的官方白话文，才能够最终汇入晚清的启蒙浪潮。

应该说，讨论晚清白话文运动的渊源，可以从不同的角度进入。但大体而言，这些资源从社会结构上可区分为官方与民间，从文化程度上可划分为文人与大众。已有的文学史论述对文人与大众的互动关注较多，不过，即使加上新近钩稽出的传教士白话文，所有的视角仍拘于民间立场。本文认为，这种对民间的刻意强调其实已形成为一种思维定势，会妨碍我们对事实的全面观照。毕竟，在语言的权力场中，官方占有更多的文化资本，其动用国家机器所造成的影响力，通常应在民间社会之上。正如马克思、恩格斯所说："统治阶级的思想在每一个时代都是占统治地位的思想。这就是说，一个阶级是社会上占统治地位的物质力量，同时也是社会上占统治地位的精神力量。"[2] 这本是常识。而回归常识，返回历史现场，我们便可以认定，关切民生的白话告示与定期宣讲的《圣谕广训》及其白话读本，既为晚清的白话文运动先行做了强有力的铺垫，又在其展开过程中成为了官方与民间不断汲引的资源。

甚至更放大一点来看，晚清的白话文运动中，虽有个

---

1 参见笔者《晚清白话文运动》，《文史知识》1996年第9期。
2 马克思、恩格斯：《德意志意识形态》，《马克思恩格斯选集》第一卷，北京：人民出版社，1972年，第52页。

别激进者如裘廷梁主张"崇白话而废文言"[1],但属于主流的思想则是文白并存、各行其道:"一修俗语,以启瀹齐民;一用古文,以保存国学。"[2] 这一对"白话"史无前例的肯定,将其提升至与"文言"并列的地位,固然直接源于迫切的启蒙需求,然而,在其底里,清代满族统治者对白话的宽容态度,亦应是这一运动获得普遍支持、一呼百应的重要历史成因。

2009年4月16日初稿、7月13日修订于
京西圆明园花园,
2010年1月14日定稿于香港中文大学寓所
(原载《北京社会科学》2010年第2期)

---

1 裘廷梁:《论白话为维新之本》,《中国官音白话报》(《无锡白话报》)第19、20期合刊,1898年8月。
2 刘光汉:《论文杂记》,《国粹学报》第1年第1号,1905年2月。并参见笔者《晚清白话文运动》。

晚清白话文与启蒙读物

作为书面语的晚清报刊白话文

作为现代白话文的前身,晚清白话文的重要性不容忽视。但长期以来,为"五四"划时代的光芒所遮掩,晚清白话文黯然失色,很少受到学界关注。这与其时白话书写史无前例的繁盛极不相称。

所谓"繁盛",就文本载体而言,晚清白话文主要存在于报刊。虽然1876年3月30日申报馆最早发行的第一份白话报纸《民报》很快夭折,但总数达到两百多种的白话报刊[1],在晚清启蒙思潮中,仍然成为引领风尚,对社会大众最具影响力的白话读物。再加上以文言为主的报刊亦不乏开辟白话文栏目者,到20世纪初,报刊中的白话书写已堪称声势浩大。而以通俗为准则,方言写作的分量也日益加重。由此构成的官话与非官话区方言的交错,构成了晚清报刊白话文的丰富图景。

"手"与"口"的关系

晚清关于白话文学最有名的一句话出自广东嘉应州(今梅州)人黄遵宪。1868年,时年二十一岁的黄遵宪作《杂感》诗,中有"我手写我口,古岂能拘牵"[2]之句,经过胡适的引述、发挥[3],此语几成为对于白话文学最精准的概括。

1898年5月11日,无锡人裘廷梁联合同志,创办了

---

1 参见胡全章:《清末民初白话报刊研究》,中国社会科学院博士后研究工作报告,2010年,第2页。
2 黄遵宪:《杂感》其二,黄遵宪著,钱仲联笺注:《人境庐诗草笺注》上册,上海:上海古籍出版社,1981年,第42页;另参见钱仲联撰《黄公度先生年谱》,同书下册,第1173页。
3 参见胡适:《五十年来之中国文学》,上海:申报馆,1924年,第34—38页。

《无锡白话报》（自6月19日第五、六期合刊起，改名《中国官音白话报》）。8月27日出刊的第十九、二十期合刊上，刊登了裘氏的名文《论白话为维新之本》，赫然提出"崇白话而废文言"的主张，指责文言使"一人之身，而手口异国，实为二千年来文字一大厄"，结语为："文言兴而后实学废，白话行而后实学兴；实学不兴，是谓无民。"此文先是作为1901年裘廷梁编辑的《白话丛书》第一集代序印出，后又于1903年收入梁启超在日本横滨出版的《清议报全编》之《群报撷华》卷，因而产生了相当广泛的影响。

以上两例早已是学界常识。不过，在裘廷梁之论见报前，1898年7月24日，创刊于上海的《女学报》第一期上，却尚有未经研究者道及的《上海〈女学报〉缘起》。作者上海女士潘璇乃是这份中国最早的女报主笔之一，其文章第一节"论用官话"，已经在辨析"这文字是手里的话，言语是嘴里的话，虽是两件事情，却是一样功用"。她的结论是："古话除考古外，没有别用。不如用白话的易读易晓，可以省却那些无限的工夫，好去揣摩这些有用的实学。"由于裘廷梁办《无锡白话报》所倚重的从侄女裘毓芳亦在《女学报》第一批公布的主笔名单上，因此，裘廷梁的白话论极有可能受到了潘璇的启发。

有意思的是，三人关于文言与白话关系的早期思考，都不约而同地提到了"手"与"口"的分离与合一。"手口异国"的文言书写既被视作大害，手口如一自然也就成为白话写作的最大好处与特征。而就其言说与立场的坚定来看，论者显然并不以为"手""口"统一有何难处。以此推想，无论是1905年病逝的黄遵宪，还是1943年方才谢世的裘廷梁，都应有白话文传世。尤其是后者，以其提倡之早、鼓吹之力，白话著述更应数量可观。不过，翻检各家文集,结果殊出意外。

在目前收录最全的《黄遵宪全集》[1]中,除了被胡适称赞的辑录当地民歌而成的《山歌》等作品外,并没有一篇白话文。最接近的白话是1898年2月21、28日,黄氏任湖南代理按察使时,在长沙南学会的两次演讲稿[2]。此稿于《湘报》发表时,称为"讲义"。起始虽也使用了"诸君,诸君"这样开讲的套语,但通篇所用文体仍属浅近文言,如第一段:

诸君,诸君!何以谓之人?人飞不如禽,走不如兽,而世界以人为贵,则以禽兽不能群,而人能合人之力以为力,以制伏禽兽也,故人必能群,而后能为人。何以谓之国?分之为一省一郡,又分之为一邑一乡,而世界之国只以数十计,则以郡邑不足以集事,必合众郡邑以为国,故国以合而后能为国。

不过,相比于其他演讲者,如陈宝箴、谭嗣同、皮锡瑞等,黄遵宪的讲稿已算是最具现场感。除了开篇与另外两段开头使用的"诸君,诸君"外,文中也随处提到"诸君",并有"嗟夫!嗟夫"的感叹,最后则以"诸君,诸君!听者,听者"[3]结尾。总之,通过保留或添加此类呼唤与感叹,黄遵宪确实是在有意制造或复原同听众交流的临场氛围。只是,其讲义与白话文仍有间隔。

裘廷梁的情况比较复杂。可以认定的是,在主持《无锡白话报》(《中国官音白话报》)期间,裘氏唯一以本名发表的文章即是《论白话为维新之本》,而此文乃出以文

---

1 陈铮编:《黄遵宪全集》,北京:中华书局,2005年。
2 参见《开讲盛仪》,《湘报》第1号,1898年3月7日。
3 《黄公度廉访南学会第一、二次讲义》,《湘报》第5号,1898年3月11日。

言。当然，这并不排除他可能用笔名进行白话写作，而且，起码一些未署名的文字确实出自裘廷梁之手[1]。不过，1901年出版的《白话丛书》第一集中所收六种白话著作[2]，全部记为裘毓芳"撰"或"演"。裘廷梁八十七岁去世前编定的《可桴文存》，也以文言著述为主；特别列出的"白话文"一类，仅得十三篇，且目前可见排在首位的《致梁任公信》，写作时间已迟至1922年[3]。尤其值得注意的是，裘氏1936年2月刊出的《国粹论》，是其晚年十分看重的论文。按照裘廷梁自陈，此篇"初意欲作白话文，不果"，后由其从侄孙裘维裕译成白话，并不避重复，特别作为《可桴文存》的"白话文"附录印出[4]。

上述叙述透露出的信息是，白话书写对于黄遵宪和裘廷梁而言也并非轻而易举，特别是裘氏自认相当重要的文章，仍要假手他人，而非自撰成白话文，其间必有为难处。激烈主张"手""口"合一的人，自己却无法践行其说，所以致此的原因何在？

首先可以想到的自然是书写习惯。文言作为统一的书面语，早已成为读书人自我表达与文字交流的通用媒介。假如没有经过一定的训练，写作白话文并不一定比撰写文言文更便捷，甚至可能费时更多。1902年，梁启超翻译法国小说家焦士•威尔奴（Jules Gabriel Verne，今译"儒勒•凡尔纳"）的《十五小豪杰》一例堪称经典。梁氏当

---

1 如第1期"无锡新闻"中《亚洲废物》一则，用"本馆主人"自述的口气，作者明显为裘廷梁。本文所用《无锡白话报》(《中国官音白话报》)复印件由沈国威教授提供，特此致谢。
2 包括《〈女诫〉注释》《农学新法》《俄皇彼得事略》《日本志略》《印度记》与《海外拾遗》。
3 信中提及"听见你担任东南大学讲席，并且常往南京各校演讲"（裘可桴：《可桴文存》，无锡：裘翼经堂，1946年，第96页），与梁启超1922年10月下旬起在南京东南大学讲学事合（见丁文江、赵丰田编：《梁启超年谱长编》，上海：上海人民出版社，1983年，第967页）。《可桴文存》复印本由胡晓真研究员提供，特此致谢。
4 裘可桴：《〈可桴文存〉自序》，《可桴文存》卷首。《国粹论》的刊载时间见《致吴观蠡》(《可桴文存》，第113页)。

时自道甘苦:"本书原拟依《水浒》《红楼》等书体裁,纯用俗话,但翻译之时,甚为困难;参用文言,劳半功倍。"这显示出,对于熟习文言写作的人,骤然调换笔墨,情形很有些"欲速则不达"的尴尬。而其"每点钟仅能译千字"的白话书写,若与以文言翻译小说出名的林纾相比,则林氏"日区四小时,得文字六千言"的高速率,实足令人惊叹;即使自我比较,在改用文白夹杂体后,梁启超更将每小时译出的字数提高到"二千五百字"[1]。可见,写作习惯同样应是黄遵宪与裘廷梁自由使用白话的一大障碍。

另外一个也许是更重要的原因,则是各人的方言背景。本来"我手写我口",只能指向方言写作。但在当年的黄遵宪、裘廷梁、梁启超等人看来,采用白话文原本就是要达到通行全国、启蒙大众的目的,如果只限于方言区一隅,便折损了写作的意义。因此,官话成为必然的选择。潘璇为《女学报》所作序中,已经把这层意思说得十分清楚:

> 我中国通行的,有这官话。"官"字是公共的字,"官话"就是公共的话了。我们如今立报,应当先用官话,次用土话。为什么呢?因为土话只能行在一乡一村的,不能通到一县一州;行在一县一州的,不能通到一省一国。本报章定用官话,乃是公共天下的意思。[2]

这也是《无锡白话报》改名《中国官音白话报》的缘由:"以报首标明'无锡'二字,恐阅者或疑专为无锡而设,

---

[1] 少年中国之少年(梁启超):《十五小豪杰》第四回批语,《新民丛报》第6号,1902年4月;林纾:《〈孝女耐儿传〉序》(1907年),收阿英编:《晚清文学丛钞(小说戏曲研究卷)》,北京:中华书局,1960年,第251—252页。

[2] 潘璇:《上海〈女学报〉缘起》,《女学报》第1期,1898年7月24日。

尚虑不足以号召宇内。"[1] 当然，随着白话启蒙运动的深入，日后对于以官话统一人心、增强国力一类政治层面的意涵有更多的论述。

在以官话为标准的白话文书写理念引导下，生活在北方话之外的方言区作者的情况便值得格外关注。如黄遵宪为客家人，所用日常口语为粤东客家话；裘廷梁籍贯无锡，属于吴语方言区；梁启超则为广东新会人，正处于粤语区内。自然，出于科考、仕宦等缘由，必须奔走在外的士人也一定要学说官话。但对于非北方话地区出身的读书人来说，先入为主的方言总是会成为日后断续习得的官话的羁绊，与北方话音韵、词汇差别越大的地区，官话越难写得顺畅。据说梁启超戊戌变法中被光绪皇帝召见，本拟加以重用，但后来"仅赐六品顶戴"，"仍以报馆主笔为本位"，个中原因是，"传闻因梁氏不习京语，召对时口音差池，彼此不能达意，景皇（按：即光绪帝）不快而罢"[2]。而例举其音，则梁读"孝"字为"好"，读"高"字为"古"，让说着地道北京话的光绪帝如何明白。虽然与梁启超晚年往来密切的弟子杨鸿烈记述，"后来，因梁氏常与外省人周旋接触，新会乡音便逐渐改变"，但还是认为，"事实上，全国大多数听众都以不能完全明了他的西南官话为憾"。并举例说，"尤其在华北方面，如一生最崇敬他的前北京高等师范学校教务主任兼史学教授王桐龄氏，凡有梁氏的讲演，几乎风雨无阻，每次必到，但总是乘兴而往，怏怏而归。问其所以，总是自认对于讲词的某段某节，竟完全听不明白"[3]。由此我们也可以知道，梁启超尽

---

[1] 《本馆告白》，《无锡白话报》第 4 期，1898 年 5 月 25 日。
[2] 王照：《复江翊云兼谢丁文江书》（1929 年），收夏晓虹编：《追忆梁启超》，北京：中国广播电视出版社，1997 年，第 183 页。
[3] 杨鸿烈：《回忆梁启超先生》，收夏晓虹编：《追忆梁启超》，第 287 页。

管日后学会了西南官话,但在交流上仍存在困难。特别是时当晚清,其浓重的乡音必然会影响到他的官话白话文书写。

因此,下文拟从晚清报刊中选取若干文本,通过仔细比对,考察处在文言与其他方言夹缝中的官话白话文与各方的纠葛,以呈现晚清白话文的多种面貌,并探测其成因及演化趋势。

文言与白话的同出一手

如上所述,晚清的现实情境是,文言与白话的壁垒,使得大部分未经训练的读书人很难在两者之间自由转换。因翻译《十五小豪杰》时,"明知体例不符",但为"贪省时日,只得文俗并用",梁启超不由发出了"语言、文字分离,为中国文学最不便之一端,而文界革命非易言也"[1]的概叹。梁氏的粤语背景,固然也制约了其纯熟写作官话的能力。但即便是北方官话区的作者,初次试笔白话文,也仍然可能文白掺杂,写得四不像。例如,1905年12月,一位天津的读者向英敛之主编的白话报《敝帚千金》投稿,其中说到自己勉力执笔的情况:"我今天把几年的愚志宣一宣,奈白话的文理虽浅,狠难说得有味。愚素日既未学过,如今又无人指教,不得不任笔写来,不免遗笑方家。"[2] 虽则为了劝导大众的爱国思想,积极响应国民捐的号召,作者也调整了文笔,努力写作白话文,但其中随处可见的文言字眼,特别是把口语中常见的"说一说"或古白话中常用的"表一表",十分别扭地写成了"宣一宣",读来的确引人发笑,倒也因此可见晚清白话文作者的启蒙热情之高。

---

1 少年中国之少年:《十五小豪杰》第四回批语。
2 津门张鸿钧:《劝上国民捐》,《敝帚千金》第9册,1905年12月29日。

而在清末众多的白话报刊中，若与"五四"文学相联系，陈独秀1904年3月31日在安徽芜湖创刊的《安徽俗话报》于是具有了特别的意义。陈独秀为安徽怀宁（今属安庆）人，关于该刊所用的语言，第一期揭示宗旨的《开办〈安徽俗话报〉的缘故》已做了说明，"做报的都是安徽人，所说的话，大家可以懂得"。也就是说，主笔陈独秀所写的白话文，乃是"下江官话"（江淮官话），属于晚清官话的体系。

应该承认，陈独秀对语言、文字有特殊的敏感与兴趣，他在《安徽俗话报》上发表过《国语教育》一文，很早就提出了"国语"的概念。他认为，国语教育意义重大，其中一个理由便是可以统一语言——"全国地方大得很，若一处人说一处的话，本国人见面不懂本国人的话，便和见了外国人一样，那里还有同国亲爱的意思呢"。其中也讲到安徽内部的方言情况："就说我们安徽省，安庆、庐州、凤阳、颍州、池州、太平这六府的话，虽说不同，还差不到十二分。惟有徽州、宁国二府的话，别处人一个字也听不懂。就是这二府十二县，这一县又不懂得那一县的话。"所以，陈独秀劝告"徽、宁二府的人，要是新开学堂，总要加国语教育一科"，起码"要请一位懂得官话的先生，每天教一点钟的官话"。显然，隶属安庆府的陈独秀，在语言上已先天地占有会讲官话的优势。陈氏更希望的是，"用各处通行的官话，编成课本，营销各处"[1]。由此看来，他在《安徽俗话报》的白话写作，也应以此为目标。

当然，除了语言，其时给予陈独秀官话书写以深刻影响的还有文本。由于陈氏留下的早年生活自述资料很少，我们现在无法准确还原其阅读经验。不过，至少可以知道

---

[1] 三爱：《国语教育》，《安徽俗话报》第3期，1904年5月15日。

的是，近则有其"都看见过"的《中国白话报》《杭州白话报》《绍兴白话报》《宁波白话报》《潮州白话报》《苏州白话报》[1]，陈氏曾参与编辑的《警钟日报》也发表过白话论说；远则有其喜欢的白话小说，如他断言文学史价值远在归有光、姚鼐古文之上的《水浒传》与《红楼梦》，认为"文章清健自然"远超《红楼梦》而更为其看好的《金瓶梅》，以及"文笔视《聊斋》自然得多"而最得其喜爱的"札记小说"《今古奇观》[2]。凡此，都有可能在陈独秀写作白话文之际，成为其经验世界中先在的样本。而这种白话文学的修养，也使陈氏在《安徽俗话报》上刊载的白话文较之同时代其他作者多了一份自然。

恰好，陈独秀留下了一文一白两篇同样题为《论戏曲》的文章，可以供我们观察其如何出入两种文体。其中，白话本发表在1904年的《安徽俗话报》[3]上，文言本见于1905年的《新小说》[4]。《新小说》由梁启超1902年11月在日本横滨创办，此时，杂志已改由上海广智书局发行，撰稿的主力也以上海作家为主。

很容易看出，白话本《论戏曲》比文言本多出了一些内容。主要是最后一段对于上海热心戏曲改良的演员汪笑侬的推许："听说现在上海丹桂、春仙两个戏园，都排了些时事新戏。春仙茶园里有个出名戏子，名叫汪笑浓〔侬〕的，新排的《桃花扇》和《瓜种兰因》两本戏曲，看戏的人被他感动的不少。"因此提出："我很盼望内地各处的戏馆，也排些开通民智的新戏唱起来。看戏的人都受他的感化，变成了有血性、有知识的好人，方不愧为我所

---

1 三爱：《开办〈安徽俗话报〉的缘故》，《安徽俗话报》第1期，1904年3月31日。
2 见胡适：《文学改良刍议》文末之独秀识语、"通信"栏中独秀《答胡适之》，《新青年》第2卷第5号、第3卷第4号，1917年1月1日、6月1日。
3 三爱：《论戏曲》，《安徽俗话报》第11期，1904年9月10日。
4 三爱：《论戏曲》，《新小说》第2年第2号，1905年3月。

说的世界上第一大教育家哩！"这一段基于陈独秀在上海的观剧体验，对于内地的白话读者会感觉言之亲切，而放在通篇采用宏阔视野的文言论述中，则显得气魄不足，煞不住尾。这也是由白话与文言一更近乎日常、一更讲究文章作法的不同追求所造成的。

同黄遵宪一样，陈独秀在白话本的《论戏曲》中，也不断与读者打招呼；而且受到其时已经盛行的演说风气的熏染，这些原本写在纸面上的文字，也在极力模仿演讲的口吻。文章是这样开头的：

列位呀！有一件事，世界上人没有一个不喜欢，无论男男女女老老少少，个个都诚心悦意，受他的教训，他可算得是世界上第一大教育家。却是说出来，列位有些不相信，你道是一件什么事呢？就是唱戏的事啊！列位看《俗话报》的，各人自己想想看，有一个不喜欢看戏的吗？我看列位到戏园里去看戏，比到学堂里去读书心里喜欢多了，脚下也走的快多了，所以没有一个人看戏不大大的被戏感动的。

如果以语意为单位，上引文字中，几乎每一语意句中都有一个"列位"在。如此一再被呼唤的"列位"读者，自然也很容易亲近作者，迅速融入论说的情境。而且，大量使用提问句，也是晚清白话文写作的一个诀窍。特别是在模拟演说的白话论说文中，提问句的插入，也有助于建构一种虚拟的作者与读者之间的互动关系。当然，晚清许多白话报的编写者，已经有意识地提倡一报两用，打通耳目，兼供阅读与宣讲[1]。因而，这些纸面上的文字，也确有可

---

1 参见李孝悌：《清末的下层社会启蒙运动：1900—1911》，石家庄：河北教育出版社，2001年。陈独秀本人也很看重演说，就在《论戏曲》中，他还要求"戏中夹些演说"（《安徽俗话报》第11期）。

能以声音的方式抵达听众的耳中。

而对于白话文非常重要的拉近作者与读者关系的言说方式,在文言文中显然并不那么必要。《论戏曲》改为文言后,与之相对应的文句已相当简括:"戏曲者,普天下人类所最乐睹、最乐闻者也,易入人之脑蒂,易触人之感情。故不入戏园则已耳,苟其人之,则人之思想权未有不握于演戏曲者之手矣。"文中不但掺入了"思想"这样源自日本的新名词,而且也以人类共同的经验取代了白话文中有意唤起的个体感受。当然,文言本也并非只有对白话本的缩写,偶尔也会出现添加。如紧接前引文字有如下数言:"使人观之,不能自主,忽而乐,忽而哀,忽而喜,忽而悲,忽而手舞足蹈,忽而涕泗滂沱,虽些少之时间,而其思想之千变万化有不可思议者也。"这些文句其实都是从"没有一个人看戏不大大的被戏感动的"生发出来的。而铺陈感动的情状,则是文言的拿手好戏。四字词的纷至沓来与排比句的使用,合力构成了文章的铿锵气势。

更能见出陈独秀在文白之间熟练游走的例句,还是那些字句基本对应的古文今译。不过,这里的工作程序也许刚好反过来,即先有了白话文,再改写成文言文。如下列文句:

依我说起来,戏馆子是众人的大学堂,戏子是众人大教师,世上人都是他们教训出来的。

由是观之,戏园者实普天下人之大学堂也;优伶者实普天下人之大教师也。

现在国势危急,内地风气,还是不开。各处维新的志士设出多少开通风气的法子,像那开办学堂虽好,可惜教人甚少、见效太缓;做小说,开报馆,容易开人智慧,但

> 是认不得字的人，还是得不着益处。我看惟有戏曲改良，多唱些暗对时事、开通风气的新戏，无论高下三等人，看看都可以感动，便是聋子也看得见，瞎子也听得见，这不是开通风气第一方便的法门吗？
>
> 现今国势危急，内地风气不开，慨时之士，遂创学校，然教人少而功缓。编小说，开报馆，然不能开通不识字人，益亦罕矣。惟戏曲改良，则可感动全社会，虽聋得见，虽盲可闻，诚改良社会之不二法门也。

文言文中照样使用了新名词，进入白话文则进行了适当的"翻译"或改写，如"学校"之统一为"学堂"，"全社会"之改为"无论高下三等人"，另一处的"改良社会"则意译为"开通风气"，既不失其新意，两边的文字又都显得相当妥帖。

考证历史、引用典故本来也是文言文的常见作法，同时也是文人习气的表征。陈独秀面对的读者尽管包括了"没有多读书的人"[1]，但他写起白话文来，仍免不了追源溯流、引经据典。《论戏曲》中也有这类文字，其中考察戏曲渊源的一段最为重要：

> 即考我国戏曲之起点，亦非贱业。古代圣贤，均习音律，如《云门》《咸池》《韶护〔濩〕》《大武》等之各种音乐，上自郊庙，下至里巷，皆奉为圭臬。及周朝遂为雅颂，刘汉以后变为乐府，唐宋变为词曲，元又变为昆曲，迄至近二百年来，始变为戏曲。故戏曲原与古乐相通者也。……孔子曰："移风易俗，莫善乎乐。"孟子曰："今之乐犹古之乐也。"戏曲即今乐也。

---

1 三爱：《开办〈安徽俗话报〉的缘故》。

这一段考论有意改变当时国人鄙视戏曲的观念,故将今日戏曲的源头上溯到三代古乐,且引古代圣贤增重之,以此提高戏曲的地位,最终的目的则在借助戏曲改良社会。这样重要的论述思路,在白话文中自然也应予保留,其言如下:

就是考起中国戏曲的来由,也不是贱业。古代圣贤,都是亲自学习音律,像那《云门》《咸池》《韶护〔濩〕》《大武》各种的乐,上自郊庙,下至里巷,都是看得很重的。到了周朝就变为雅颂(就是我们念的《诗经》),汉朝以后变为乐府,唐宋变为填词,元朝变为昆曲,近两百年,才变为戏曲。可见当今的戏曲,原和古乐是一脉相传的。……孔子常道:"移风易俗,莫善乎乐。"孟子也说过:"今之乐犹古之乐也。"戏曲也算是今乐。

像《云门》之类的上古乐舞,逐一解释,既费篇幅,也不容易说清,索性列出名目,含糊过去,也无碍了解大意。至于尚在众人闻见范围内,却未必都能准确理会的典故,如"雅颂"与《诗经》的关系,则不妨给出说明(虽然其中少了"风",使二者并不对等),因《诗经》虽未必读过,"四书五经"总该是知道的。至于出自孔孟圣贤的经典文字,便只是照抄,不做通俗化处理,还是无意中透露出陈独秀其时对儒学仍持有相当的尊重。可以想象,这样的引文进入演说场中,依然需要再解说。

凭借个人的阅读积累,依托官话区的方言优势,陈独秀实现了在文白之间的从容转换,以一人之手,而使文言与白话书写各臻其妙。而其文言文也已非传统古文所能范围,其中夹杂的诸多外来词,标记出陈文与大量使用新名词的梁启超"新文体"[1]之间的关联。而他的白话文又能够完美地传达出其新体古文的所有成分,由此提前验证了陈本人1917年的论断:"吾辈有口,不必专与上流社会谈话。人类语言,亦非上流社会可以代表。优婉明洁之情智,更非上流社会之专有物。"[2]白话在陈独秀手下,正有可供驰骋的无限广阔天地。

官话与非官话区方言的歧出

为了叙述的方便,依照晚清作者书写的差异,大致可将其时的白话文分为官话与非官话区方言两类。而无论哪一区域的作者,真要做到"我手写我口",只能使用纯粹的方言(包括官话)。极端的例子,比如吴稚晖于1896年发明了"豆芽字母","以拼音字母,拼写乡音俗语,以代字母,使文盲可以据以代语";"并教家人试学'豆芽字母',以为通讯工具"[3]。吴夫人袁氏是文盲,但学会了这套字母,在吴稚晖去法国时,"夫妻之间就用这种'豆芽字'作为通信工具,积累起来的信纸有半寸厚"[4]。就"达意"而言,不识字的人也可以借助拼音沟通,这样的写作也算得上是手口如一了。

而正如前文所指出的那样,晚清白话文的提倡者,并不仅满足于"辞达而已",更抱了一种通行全国的宏愿,以求最大限度地发挥文字的启蒙功效。因此,裘廷梁办在

---

1 参见梁启超:《清代学术概论》,上海:中华书局,1921年初版、1925年六版,第142页。
2 陈独秀:《答陈丹崖(新文学)》,《新青年》第2卷第6号,1917年2月1日。
3 杨恺龄:《民国吴稚晖先生敬恒年谱》,台北:台湾商务印书馆,1981年,第19页。吴稚晖则自称于乙未年(1895)"依了《康熙字典》的等韵,做成一副豆芽字母"。吴敬恒:《三十五年来之音符运动》,收庄俞编:《最近三十五年之中国教育》卷下,上海:商务印书馆,1931年,第30页。
4 蒋术:《吴稚晖和他的一家》,收《卢湾史话》第4辑,政协上海市卢湾区委员会文史资料委员会编印,1994年,第34页。据蒋文记述,这些信"回国后一直保存在环龙路志丰里10号寓所。到了文化大革命时,被'红卫兵'抄家搜查出来,说它是秘密文件,有的说是'妖书',一起撕毁烧掉"。

无锡的白话报，也放弃了更为方便的吴语，而致力于官话写作。操着无锡口音的人如何撰写官话文章，或者说，无锡话是怎样被改造成了官话，于是值得关注。吴芙的《女诫》俚语本中的一段文字，与裘毓芳的《〈女诫〉注释》吴芙序，恰好提供了相映成趣的两个文本。

裘毓芳（1871—1902），字梅侣，为裘廷梁的从侄女。在《无锡白话报》创办前，为预做准备，曾遵叔父之命，"以白话演《格致启蒙》"[1]。迨杂志创刊，又担任编务。裘毓芳亦为《无锡白话报》最重要的撰稿人，每期杂志上必载其文，少则一种，多则四种。除《〈女诫〉注释》外，裘氏还在该刊发表了《孟子年谱》《海国妙喻》《海国丛谈》《海外拾遗》《俄皇彼得变法记》《日本变法记》《化学启蒙》《印度记》等。因此，《白话丛书》第一集除刊印于卷首的裘廷梁《论白话为维新之本》一文外，其他著作均出其手。1902年6月21日，裘毓芳因传染时疫去世[2]，年仅三十二岁。

裘毓芳所作《〈女诫〉注释》自1898年5月20日起，在《无锡白话报》第三期上开始连载，吴芙的《班昭〈女诫〉注释·序》即在此期刊出。而吴芙（1889—1973）其人实为吴稚晖之女[3]，《无锡白话报》刊行时，她刚刚虚龄十岁。所留下的《女诫》俚语本乃是清抄稿本，封面左侧有大字"女诫"，下接小字"吴芙俚语本"，右侧下方又有"无锡白话报馆置"的题记，说明此本应为《无锡白话报》的存稿[4]。而所谓"俚语"，即是无锡方言。根据其父创造豆芽字母、教会家人的传奇经验，十岁的吴芙也可以

---

1 裘廷梁：《〈无锡白话报〉序》，《时务报》第61册，1898年5月20日。
2 见《女史逝世》，《中外日报》，1902年6月30日。
3 关于吴芙的生平考证见笔者：《经典阐释中的文体、性别与时代——晚明与晚清的〈女诫〉白话注解》，《中国文学学报》第1期，香港：香港中文大学出版社，2010年12月。
4 此稿本现藏上海图书馆。

尽早提笔为文，且其《女诫》俚语本中，亦不乏将"写弗出个字"用"等韵简马〔码〕"，即家传的豆芽字母填写之处。因为这些字母排印上的麻烦，更重要的原因应该是无锡方言书写与《无锡白话报》提倡官话写作的立场相左，所以，此本并未在该刊登载，吴芙也只完成了《〈女诫〉序》的注解与翻译。

与《无锡白话报》之吴芙序相对应的一段文字，出自《女诫》俚语本第一段"吴芙说道"，属于注释者在文字疏解与白话译文之外独立发表意见的空间，体现了晚清女性在经典注解中的主体意识。而这篇文字由于"五四"以后周作人的引用，在学界颇为人知晓。周氏所持为一种批评的态度，他认为，晚清的白话文和现代白话文"话怎样说便怎样写"不同，"却是由八股翻白话"，举证的例子即包括了吴芙为裘毓芳《〈女诫〉注释》所作序的开篇部分：

> 梅侣做成了《女诫》的注释，请吴芙做序，吴芙就提起笔来写道：从古以来女人，有名气的极多，要算曹大家第一。……[1]

周作人因此断言："这仍然是古文里的格调，可见那时的白话，是作者用古文想出之后，又翻作白话写出来的。"[2]不过，吴芙俚语本的发现，让我们可以还原真相。"吴芙说道"其实是这样开始的：

> 从古以来个女人，有名气个极多，要算曹大家第一。曹大家是女（人）当中底孔夫子，《女诫》是女人最要紧念底书，真真一字值千金，要一句句想想，个个字味味。

---

[1] 吴芙：《班昭〈女诫〉注释·序》，《无锡白话报》第3期，1898年5月20日。
[2] 周作人：《中国新文学的源流》，北平：人文书店，1934年，第98—99页。

依了《女诫》底说话，方才成个女人。

所以，见于《无锡白话报》的那几句被周作人专门摘引的穿靴戴帽的话，在吴荣的俚语本中原来并不存在。添加的人应该是该刊编辑，很可能即为裘毓芳。

《无锡白话报》的文本乃是将吴荣的无锡话全部改写成合乎报社要求的官话。像上述第二句中的"个"改为"的"，便是常例。两相对照，多数文字没有大改动，如：

况且曹大家会做皇太后**个**（的）先生，会替哥哥做书。就要想着我是女人，他也是女人，他（就）万古留名，贤慧到如此；我就依依袅袅，眼孔小到像绿豆：做小姐单**晓得**（知道）衣裳首饰，争多嫌少；做媳妇单**晓得**（知道）**吃老官**（靠着丈夫吃），**着老官**（靠着丈夫着）；也**弗**（不）**晓得**（知道）天东地西，也**弗**（不）**晓得**（知道）古往今来。

上述引文中，粗体字部分已经官话本改动，括号里的字即为改写或添加的部分。报社方面所做的主要工作是方言词的调整，如"晓得"易为"知道"，"弗"易为"不"，"老官"易为"丈夫"等。

当然，最重要的改写应属于把吴语方言区以外的人无法理解的词句修整为通行的官话。如俚语本中批评那些没有见识的女人，"空闲下来，寻寻烦恼，说阿婆，骂媳妇，惹姑娘，讲阿嫂，**搭伯姆鸡搭子百脚，拿丈夫萝卜弗当小菜**"；称赞那些贤慧女子"空闲下来，写字看书，自自在在，规规矩矩，讲讲故事，教教男女，终日弗听见一句高声，**无人弗搭他客气**"。而这些加粗的地方，官话本都做了"翻译"。后句不是直译成"没有人不同他客气"，而是意译为"没有人不敬重他",很得体。前句中,两个"搭"(含"搭子")还是"同"或"和"的意思,"伯姆"即"妯娌";"鸡搭子百脚"中"百脚"指"蜈蚣",按照《明清吴语词典》对于"鸡搭百脚"的解释:"鸡和蜈蚣,比喻老是争斗不休的两方。"[1] 如果单独使用,后面往往还会跟上"冤家结煞"[2] 一句。官话中没有直接对应的表达,所以改写成"妯娌像冤家"。"萝卜弗当小菜"也是一句吴地俗话,用来"比喻对人随便,不尊重"[3],官话本中因此译为"丈夫当奴仆",正可与"妯娌像冤家"成为对句。显然,对于那些最具有地方特色的俗语,官话完全没有办法直接照搬,多半只能采取意译的办法。

而经过这样的改译,意思倒是都明白了,但在文学情趣上却有很大损失。从下面一段无锡方言与官话的对比中,可以看得更清楚。承接上文"无人弗搭他客气",吴芙的俚语本接着写道(均用加粗文字表示相异的部分):

住到一处,个个称赞,**做个村中底好嫂嫂,弄到满巷姑娘齐行要好**。死子**着**大**着**小,个个眼泪**索索抛**。隔子三十、廿年,还说着他底好处。念书人听见子,记到书上去,**搭**他扬名,就**搭**曹大家一样。隔开一千六七百年,还个个**晓得**他。闭**笼**子眼睛一想,想他少年时候,就一个端端正正,秀秀气气一个贤慧小姐,活龙活现,到眼睛前头来了;想到他年纪大个时候,**就一个弗火冒,也弗多话**,一个**板方**老太太,活龙活现,到眼睛前头来了。

---

[1] 石汝杰、[日]宫田一郎主编:《明清吴语词典》,上海:上海辞书出版社,2005年,第287页。
[2] 苏州市民间文学集成编委会编:《中国民间文学集成·苏州歌谣谚语(谚语卷)》,北京:中国民间文艺出版社,1989年,第25页。其中录"鸡搭百脚"为"鸡和百脚"。
[3] 石汝杰、[日]宫田一郎主编:《明清吴语词典》,第414页。

改写过的官话本作:

住到一处,个个称赞,**把他做个好榜样**。死了**没大没小**,个个眼泪**汪汪**,**不住**的哭。隔了二三十年,还说着他底好处。念书人听见**了**,记到书上去,**替**他扬名,就**与**曹大家一样。隔开一千六七百年,还个个**知道他**。闭着眼睛一想,想他少年时候,就一个端端正正、秀秀气气**的**贤慧小姐,活龙活现,到眼睛前头来了;想到他年纪大**的**时候,**就是一个慈眉善眼**、**循规蹈矩**的老太太,活龙活现,到眼睛前头来了。

不难看出,那些生动鲜活的方言口语,替换成规规矩矩、通行全国的官话后,减少了细节描述,已经变得相对平板,失去了原有的新鲜水分。

如果回到周作人的批评,应该说,吴芙以无锡方言写出的文字,倒更接近周氏及其"五四"同人所标举的"话怎样说便怎样写"的现代白话文理想,而且其贴合程度远高于周作人。反而是模拟官话写作的《无锡白话报》编辑,虽然摆脱了文言"手口异国"的弊端,却也并未能进入其所期望的手口合一境界。特别是那些自我强制的官话书写,会令人遗憾地减损或流失文学的趣味,不能不说是走进了"兴一利必有一弊"的怪圈。

官话与模拟官话的差异

尽管晚清白话报刊的兴起是从南方发端,但北方官话区的作者显然享有更多的心理优越感。1906年,白话报的涌现已渐趋高潮之际,先后在北京创办了《启蒙画报》与《京话日报》的彭翼仲发表观感,认为只有《大公报》主人英敛之以及另外两位京城作者"演说的白话,是很干干净净的"[1]，而其列举的三人都是旗人。

其实，作为京城出现的第一份白话报，1901年9月27日发刊的《京话报》已具有普及官话当仁不让的气魄。由黄中慧主编[2]的这份"专为开民智、消隐患起见"[3]的刊物，第一回开宗明义，便发表了《论看这〈京话报〉的好处》，高屋建瓴地畅谈了一番推广官话的意义以及《京话报》在其间所起的作用。文章明确讲到，"中国所以不能自强，受人欺负的缘故，不过两端：一是民智不开，一是人心不齐"。而"这个人心不齐的缘故，大半可就在言语不通的上头"。其论述的思路是：

> 外洋各国，也是有多少种语言，本不能一律，但是一国之中，所说的话，不差什么，总是一样的。所以他们通国的人心，没有不齐的。我们中国则不然。南边的人，不能懂北边的话，这一省的人，不能懂那一省的话，甚至于同省同府的人，尚有言语不通的地方，你说怪不怪？这不是一国之中，变成了许多的国了么？所以要望中国自强，必先齐人心；要想齐人心，必先通言语。

以语言凝聚人心、强盛国家，这一思想相当深刻，且更早于陈独秀的论述。此种中外对比认知的得出，应与作者曾经"在西班牙的京城，住过一年半"[4]的实地感受有关。既然沟通语言如此重要，统一语言便成为唯一的选择。作者由此得出"现在要想大家都说一样的话，这一定是京城的官话无疑了"的结论。而"我们这个《京话报》，是全用北京的官话，写出来"，自然，"要学官话，这个报就是

---

1 《语言合文字不同的病根》，《京话日报》第221号，1905年4月1日。原文未署名。
2 参见黄河编著：《北京报刊史话》，北京：文化艺术出版社，1992年，第16页。
3 《创办〈京话报〉章程》，《京话报》第1回，1901年9月27日。
4 《中外新闻·要办发财票》，《京话报》第1回。

个顶好的一位先生"。所以,不仅北方的人应该看这份报,"就是南方的上中下三等人,皆也不可不看这报"。这就是全国人民都应该读《京话报》的坚实理由。

更值得重视的是《京话报》明确表达出的对于建立标准国语的自觉意识。虽然在《创办〈京话报〉章程》第一条,该刊已将其书写语言规定为"只用京中寻常白话",但实际上,同处于北方官话区的各地方言之间也还存在着差异。《京话报》同人对此也有清醒认识:

本报既名"京话",须知京话亦有数种,各不相同。譬如南城与北城,汉人与旗人,文士与平民,所说之话,声调字眼,皆大有区别。此间斟酌去取,颇不易易。本报馆特聘有旗员,及南北城各友,互相审定,不敢惮烦,务取其京中通行,而雅俗共赏者,始为定稿。[1]

可知其酌定文词时,已经考虑到地区、民族、阶层的差异,而以"京中通行""雅俗共赏"为采择标准,态度相当慎重。既然在开通民智之外,《京话报》也力求承担起统一语言的责任,于是制定标准官话也就成为报社同人责无旁贷的工作。

本着以标准官话见报的书写要求,《京话报》对转载的"他处白话各报"上的文字,也势必要经过"略加改正"[2]的工序。因当时所有现存或已停的白话报均出现在南方,其中模拟官话写作[3]所带来的不合标准之处所在多有,使得改稿也成为《京话报》的日常编务与一大特色。

---

1 《创办〈京话报〉章程》。
2 《创办〈京话报〉章程》。
3 参见杜新艳:《白话与模拟口语写作——〈大公报〉附张〈敝帚千金〉语言研究》,收夏晓虹、王风等:《文学语言与文章体式——从晚清到"五四"》,合肥:安徽教育出版社,2006年。

1901年6月20日在杭州新创的《杭州白话报》，因此有了现身《京话报》的最多机缘。而每一次的转录，都已经过改写。

如创刊号在"论说"栏借用了《杭州白话报》上林万里（笔名"宣樊子"）作为发刊词撰写的《论看报的好处》，以代替《京话报》自己的申说，也要特别注明："宣樊子做的本是南方口音，我们略改了数字。"有些改动与《无锡白话报》处理吴芙的文稿相同，如"晓得"改为"知道"，而这类词语的出入，很多是属于各地官话的本地风光。此外，一些表述方式也会有调整。如讲到看报对于士农工商的益处，有这样的说法（以《杭州白话报》为主，其中加粗文字表示《京话报》改动或删去之处，相应的变动见括号中）：

古人说的（好）："秀才不出门，能知天下事。"**想不到**（谁想到）这两句**说话**（话），到如今才应**哩**（了）。就是那农工商三等的人，能多看报，都有好处。譬如**务农的**（种地的庄家人），新**买**（制〔置〕）了几亩**的园地**（园子），不**晓得**（知道）种那样东西，将来好多**趁铜钱**（赚钱）；有了报看，就**晓得**（知道）广东新会县的橙子，近来销路最多，种法又容易，**工本**（本儿）又轻，**便**（就）好把这**园地**（园子）种起橙子来。这种的话，报里头时时说的。譬如（这）钉书、印书两种（的事情），**我**中国向来是用人工的；有了报看，便**晓得**（知道）近来**新法**（新出的法子是）用机器的，**好省许多工夫，何等便快**（又快又好，何等的爽快），能够照样做起来，这工艺的生意，就**畅旺**（兴旺）的了不得。若说做**生意**（买卖）的人，**全靠**（更是要）消息灵通，没有报看，那**里**能都晓得呢？[1]

---

[1] 宣樊子：《论看报的好处》，《杭州白话报》第1期，1901年6月20日；《〈杭州白话报〉论看报的好处》，《京话报》第1回，1901年9月27日。

就此看来，改动的地方很不少，大抵是把《杭州白话报》中比较文言的说法，如"务农""园地""工本""新法""便快"等，改得更接近口语。不过，按照改稿规则来检查，也会发现其中偶有遗漏。如"便晓得近来新法"中的"便"，按例应写作"就"；最后一句中的"晓得"，照理也应替换成"知道"。

看来，以地道官话的水平来打量，福建侯官（今为福州）人林万里的模拟官话其实并不纯粹，虽然他自己的感觉已经是"呱呱叫的官话"[1]。而被裘廷梁称为"白话高手，视近人以白话译成之西书，比《盘庚》《汤诰》尤为难读，判若天渊矣"[2]的裘毓芳，其官话书写落在《京话报》同人眼中，也还需要斟酌。比较《无锡白话报》原刊之《海国妙喻》一则与《京话报》改本之异同，即见分晓。此则寓言原题为《老鼠献计结响铃》，《京话报》易为《耗子献计拴铃铛》，已然大不同（文字以《无锡白话报》为主）：

老鼠（耗子）受猫的害已经长久（不知多少日子）了。有一日（天）一群老鼠（耗子）聚在一堆（块）议论道："我们实在伶俐乖巧想得周到的。日里（白天）躲拢（着）夜头（黑间）出来，也（就）算知趣（乖巧）的了，怎么总（还是）不免受猫的害？总要想个好法子，保住永远不受猫的害，才可以放心托胆安安顿顿的过日子。"（于是这）一群老鼠（耗子）都要想献出（个）好计策来，你（有）说这样（么样的），我（有）说那样（么样的），却都是有（些）关碍做不到的。又有一只老鼠（耗子）说道："只要在猫颈里（脖子上）结（拴）一个响铃（铃

1　白话道人：《〈中国白话报〉发刊辞》，《中国白话报》第1期，1903年12月19日。
2　裘可桴：《与从侄孙维裕书》，《可桴文存》，第28页。

铛），猫一动，我们**就**听见响声，就可以**逃开避扰**（逃避）了。这条计策，岂不好么？"一**大群老鼠**（大家伙儿听说），都拍手拍脚的叫道："好极好极，真正是（个）好法子！"大家高兴**已极**（得很），都觉**着**（得）有好法子了。（谁知）这一群里（单）有一个（老）**老鼠**（耗子），**不声不响**（不言不语）**不开口**（也不说好，也不说不好）。大家（都）问他□（道）："你**不开口**（张嘴），难道这个法子（还）不好么？"□□（这个）（老）**老鼠**（耗子）答道："法子好是好的，但不知**道，把这响铃结在猫颈里，那一个肯去**（那一个肯去，把这铃铛拴在猫脖上呢）？请你们**快些**（赶快）**定见**（拿主意）。"那一群**老鼠**（耗子）竟你看我，我看你，一句话也说不出（来）。唉！这种说空话的**老鼠**（耗子），世界上最多。说话是好听的，但（是）说得出，做不到，就叫这献计的**老鼠**（耗子）自己去做，他也一定要想法逃走的。这种说空话的**老鼠**（耗子），岂不可恨可怜么？[1]

这则出自《伊索寓言》的故事，乃是根据张赤（号赤山畸士）编辑的文言本《海国妙喻》中《鼠防猫》一则改写而成[2]。裘毓芳的白话本经过《京话报》的修改，读起来确实更为流畅。不过，以后见之明来看，并非所有词语的调

---

[1] 梅侣女史演：《海国妙喻·老鼠献计结响铃》，《无锡白话报》第1期，1898年5月11日；《海国妙喻·耗子献计拴铃铛》，《京话报》第1回，1901年9月27日。其中□为原刊复印件缺损之字。
[2] 参见郭延礼：《中国近代伊索寓言的翻译》，收入氏著：《中国近代翻译文学概论》，武汉：湖北教育出版社，1998年，第205—207页。《鼠防猫》原文如下："鼠受害于猫久矣。一日群猫聚议曰：'吾辈足智多能，深谋远虑，日藏夜出，亦可谓枧机者矣，无如终难免猫之害。必须设一善法，永得保全，庶可逸然安生矣。'于是纷纷献策，皆格碍难行。乃后一鼠献曰：'必须用响铃系于猫颈，彼若来时，吾等闻声，尽可奔避，岂不善哉！'众鼠拍手叫绝曰：'真善策也！'于是莫不欣然，各以为得计。其中有缄默者，众问之曰：'汝不言，宁谓此法不善乎？'曰：'善则善矣，但不知持铃以系其颈者，谁也？请速定之。'由是众鼠面面相觑，竟无言可答，徒唤奈何。噫！坐而言者，不能起而行，诚可恨而亦可怜。"赤山畸士编：《海国妙喻》，天津：时报馆，1888年。

换都是可取的。例如全篇出现最多的"耗子",毕竟只是北方方言中的词汇,在南方并不通行。所以,时至今日,书面语中一般还是写作"老鼠"而不是"耗子"。这也显示出作为书面语的白话文并不完全是口语的摹写,通行的词语还应该折中南北。当然,就这一文本而言,"耗子"的使用仍有其特殊便利处:在"耗子"前冠以"老",应是《伊索寓言》的原意,年长者显然虑事更周全;而若直接写作"老老鼠",读起来便相当拗口,必得如现在通行本之译为"年长的老鼠"[1]才合适。因此,《京话报》的添改显然更准确。

总而言之,既然方言在流通上具有局限性,希望以官话统一全国白话文的努力于是成为晚清白话文的主流。不过,官话本身仍有缺失:它更接近日常口语,无法容纳新名词;同时,官话也仍然是一种方言,其中一些地域性的词汇也不具备流通全国的质素;模拟官话的写作更可能减损了文学生动、鲜活的情趣。因此,现代白话文还需要从夹杂大量新名词的梁启超的"新文体"中有所借鉴,而从晚清的官话到日后的普通话书写,也需要经过词汇的选择和提炼,文学性的养成亦自不待言。

2011年5月2日至7日于北京、香港
(原载《天津社会科学》2011年第6期)

---

[1] 吕志士译注,张造勋、林易校订:《伊索寓言》,北京:外语教学与研究出版社,1985年,第147页。

晚清白话文与启蒙读物

晚清的西餐食谱及其文化意涵

西餐何时传入中国，是一个在学界仍有争议的问题。至于西洋食谱来到中土，则毫无疑义是肇端晚清。尽管以数量而言，与蔚为大观的传统烹饪著述相比，晚清的西餐食谱可谓微不足道[1]，但作为西方文化的一部分，其所留下的西餐进军中国人肠胃的历史足迹，仍然值得研究者探寻。

三本西餐食谱

不妨先举两个例子。

一个是邹振环在《西餐的出现与最早汉译的西餐烹饪专书〈造洋饭书〉》[2]中提到的张德彝的故事。张氏为同文馆的学生，同治五年（1866）出使欧洲时，在英国的轮船上每日吃西餐。开始不适应，"盖英国饮馔，与中国迥异，味非素嗜，食难下咽"，"牛羊肉皆切大块，熟者黑而焦，生者腥而硬；鸡鸭不煮而烤，鱼虾味辣且酸"，故造成的肠胃反应是"一嗅即吐"，后来干脆"一闻（吃饭）铃声，便大吐不止"[3]。

另一个故事出自晚清上海新闻界名人孙家振（字玉声）的《海上繁华梦》。这部小说初集于1898年开始写作，1903年印行了单行本。其中的两位主人公谢幼安与

---

1 以陶振纲、张廉明编著的《中国烹饪文献提要》（北京：中国商业出版社，1986年）为例，其中收录了156种截至1949年的饮馔资料，而纯粹教授西餐做法的著作只有两种，且晚清仅占其一。
2 邹振环：《西餐的出现与最早汉译的西餐烹饪专书〈造洋饭书〉》，收入氏著：《影响中国近代社会的一百种译作》，北京：中国对外翻译出版公司，1996年，第59—61页。
3 张德彝：《航海述奇》，收林鍼等：《西海纪游草》合订本，长沙：岳麓书社，1985年，第450页。

杜少牧从苏州来到上海,第二日在朋友家吃过聚丰园送来的中式盛宴后,转天便被作者安排到著名的一品香番菜馆品尝西餐。从小说的结构看,这顿餐宴实际带有主人公正式进入洋场生活的象征意义。并且在座的四人,两位久客上海,两位初来乍到,好像对于西餐都已十分熟悉,无论点菜还是胃口,均无不合[1]。

而从19世纪60年代到该世纪末,正是晚清西洋食谱集中面世的时段。

最先将西餐烹饪书籍著录在案的是梁启超。光绪二十二年(1896),由上海时务报馆代印的梁编《西学书目表》出版,下卷《杂类》中"无可归类之书"列有《造洋饭书》与《西法食谱》两种。在"本数"与"价值"项下,记录前者为一本、五角,后者为一本、八角,而"撰译人""刻印处""识语"三项内容均告缺;且无圈识,梁氏显然以为其无甚价值。此书次年收入卢靖所编"慎始基斋丛书"时稍有添补:两书均加了一圈,比之紧接其后的《古教汇参》《救世教益》《圣会历史》等教会各书,已经略显重要;又于《造洋饭书》下,增加了"光绪十一年"的"撰译年号"。

光绪二十八年(1902)十二月印行的徐维则辑、顾燮光补《(增版)东西学书录》,卷四《杂著第三十一》之"琐录"类也记载了上述二书。其中《西法食谱》仅有存目,《造洋饭书》则注明版本为"美华书馆印本","撰人""提要"加"检察"合而言之作:"〔泰西〕高夫人著。皆作西菜之法,录之以教庖人者。《汇编》二有《磨面器》一篇。"末句是指1878年1月《格致汇编》第二年第十二卷上的《磨面器》一文,编者认为此篇可与《造

---

[1] 孙家振:《海上繁华梦(上)》第三回"款嘉宾一品香开筵/奏新声七盏灯演剧",南昌:江西人民出版社,1988年,第25—26页。

洋饭书》合观。

综合以上两种书目提供的信息,起码到1896年之前,已经出现了两本教授西餐做法的烹饪专书。《造洋饭书》由美国长老会在上海所办的美华书馆印行,有光绪十一年即1885年的刊本。而《西法食谱》的版本与著译情况不明,可见此书较《造洋饭书》流传更少。

笔者查找的结果,也证实了晚清书目文献反映出的情况。1987年,中国商业出版社将《造洋饭书》列入"中国烹饪古籍丛刊"重新印行,由邓立、李秀松作注,称"作者佚名",所根据的版本在《本书简介》中虽然说法不一,开头记为"上海美国基督教会出版社于1909年出版",结尾又声明"这个注释本以上海美华书馆1909年重印本为底本",但二者其实是一家[1]。不过,1885与1909年两个版次均非此书的初刊本。按照熊月之的考证,《造洋饭书》的编者乃是1852年来华,1900年才归国的美国南浸信传道会教士高第丕(Tarlton Perry Crawford,1821—1902)的夫人,其英文名字为 Martha Foster Crawford,即《(增版)东西学书录》中所谓"高夫人"。1866年她编写了此书,由美华书馆出版,书凡二十九页,共二百七十一条[2]。邹振环更进而比较了各版的差异,指出,该书1885年的"再版本与初版本项目数和种类相同,但页数有明显增加"[3]。另外,日本学者又提供了一种1899年版[4],这样,我们已可以知道,该书在晚清至少印

---

[1] 《中国烹饪文献提要》的《造洋饭书》一则载录虽与之有出入,却也同样前后不一致:前面说,"书名页原题'美国教会出版社出版,耶稣降世一千九百零九年'";后文又称,此书"一九〇九年由上海美国长老会传教团印行"(第130页)。

[2] 熊月之:《西学东渐与晚清社会》,上海:上海人民出版社,1994年,第484页;另参见中国社会科学院近代史研究所翻译室编:《近代来华外国人名辞典》,北京:中国社会科学出版社,1984年,第96页。其中高第丕夫人的英文名由陈丹丹提供,特此致谢。

[3] 邹振环:《西餐引入与近代上海城市文化空间的开拓》,《史林》2007年第4期。

[4] 盐山正纯:《西餐与汉语翻译词——关于〈造洋饭书〉第2版(1899)》,收北京日本学研究中心编:《日本学研究》第12号,北京:世界知识出版社,2003年。

过四次。其中1909年本藏广东中山图书馆,内封署"耶稣降世一千九百零九年""岁次己酉重印""上海美华书馆藏板"。英文书名题作 *Foreign Cookery*[1],出版社为 Shanghai: American Presbyterian Mission Press,即上海美华书馆的英文名称,这也是造成"上海美国基督教会出版社""上海美国长老会传教团"等诸种译名歧异的原因。此本所录仍为二百七十一条,页码却已增至六十七,另有一篇英文序及英汉对照的索引,在1987年的排印本中删去了前者。

《造洋饭书》(1909年)内封

---

[1] 邹振环记该书英文名为 Cookery Book(见《西餐的出现与最早汉译的西餐烹任专书〈造洋饭书〉》),恐不确。

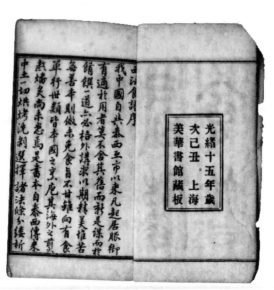

《西法食谱》（1889年）版权页与手书序

《西法食谱》（1889年）内封

相对而言，《西法食谱》的印数、版次则要少得多。不仅《中国烹饪文献提要》中失记，即使曾经著录此书的《（增版）东西学书录》，以其所记简略，估计编者很可能也并未寓目。笔者所见亦非原刊，而是盖有"长乐郑振铎西谛藏书"印章的抄本。此本扉页署"庚子仲夏仿录美华书馆原本"，可见 1900 年时，该书已很稀缺。另一有用的信息是，其与《造洋饭书》同出一源，均为美华书馆出版物。值得庆幸的是，现在借助网络，对于《西法食谱》的版本情况，我们可以有更多一点的了解。此书原本曾在"孔夫子网"上拍卖。根据两个卖家提供的图片，版权页均记为"光绪十五年岁次己丑／上海美华书馆藏板"，因知其初版时间为 1889 年，并且很可能只印过一次。抄本中未见撰译者姓名。卷首有《〈西法食谱〉序》一篇，亦无署名；现根据一张售卖图片，知为手书上板。惟一透露出其为西文译本讯息的，是序言中"是书本自泰西传来中土"及称赞其"翻译之精细"数语。

于已有著录的二书之外，笔者又在安徽芜湖的"阿英藏书室"找到了一本《华英食谱》[1]。此书内封题作"新增华英食谱"，刊记署"光绪丁酉仲秋上海理文轩印"，因知其刊行于 1897 年。初得此书，笔者甚为兴奋，以为可补晚清目录之阙。然而，经过仔细核对，发现此本实为一拼凑之书。中餐部分乃辑自袁枚著名的《随园食单》，所用功夫只是打散原作次序，胡乱拼接。如将置于卷首的"须知单"与"戒单"，前三条易名为"先天""地道""人事"，仍放在开篇；其他则分割两块，一塞入中间，一用来殿尾。菜谱部分的切割也犹如毫无道理的错简，像在"冬芥"与"春芥"之间加进"喇虎酱""熏鱼子"之类，

---

[1] 感谢安徽师范大学的吴微老师代为拍照。

在"海鲜单"的燕窝、海参、鱼翅与淡菜、海螺之间,突现猪头、猪蹄、猪肚等物,实在随意得莫名其妙。如此故意错乱,显然只是为了避免被人一眼认出原身,影响销路。"编者"也偶有添加,如"糟油"条:"糟油出太仓州,愈陈愈佳。"[1]只是三言两语,无足轻重。书为线装,总共二十五页,而属于"英"即西餐的部分只有两页,且全部抄自《西法食谱》。排印中又制造出许多错误,在"烤羊排"与"做馒头"时,均忘记加"面粉",即为最好笑的两例[2]。

《华英食谱》(1897年)书影及内封

不过,若说《华英食谱》全无价值,也不尽然。起码,这是已知的第一本中西合璧实用烹饪书。其选取《随园食单》与《西法食谱》搭配组合成书,即表明编者很有

---

1 《华英食谱》,上海:理文轩,1897年,第5页。
2 《西法食谱》的"烤羊排"条,"先将羊排蘸上盐、胡椒粉、面粉"一句,《华英食谱》错成"先将羊肉蘸上咸、胡椒粉";"做馒头的法则"条,"用马口铁盆,先放热水两夸偸,后加面粉一夸偸,加的时候,常要用手调动",《华英食谱》又丢掉了"后加面粉一夸偸"之句。

眼力。由"醉余生"于光绪二十年（1894）撰写的序言也相当有趣。而且，此文竟然题为《〈吃食滋味〉序》。作为这本笔者未尝经眼的《吃食滋味》一书的编者，醉余生感慨于"时沪盛行大餐，牛脯羊臞，火煮透熟，盖盆刀叉，雪白银光；洋商者，学时者，尽人喜吃"。当此"西风"大盛，看似行将压倒"东风"之际，醉余生有心固守传统，自言："予《诗》《书》少读，吃着承先人余荫，得老饕陋癖。乡居无俚，俾过屠门大嚼者，得其细嚼书味，胜咬菜根。"故编辑此书，提倡"食必得物性良任，相宜知品，勿奢勿过"，则西餐应不入其眼中。而三年以后，此书更名再版，"西醉老民"又于理文轩题写了"新增华英食谱"的新书名，说明其人很可能就是该书局的老板。取自《西法食谱》的两页西餐做法应当也是在此时加入的。

综上所述，晚清三本西餐食谱的出版年代，以《造洋饭书》最早，《西法食谱》次之，《华英食谱》为殿军。因此，指认《造洋饭书》是中国"最早的文字西餐食谱"，乃"最早比较系统介绍西方饮食烹饪技术的一本书"[1]，当信为确论。而如果考究文本内容，则《华英食谱》基本可以排除在外，虽然其有意合中西餐饮于一炉的思路颇具启发性。至于三书全部出自上海，则可见上海在晚清引领西学大潮中的特殊地位。

两条西化途径

就外表来看，《造洋饭书》只有一篇置于书末的英文序，而《西法食谱》卷首即冠以中文序，给人的最初印象

---

[1] 逯耀东：《造洋饭书》，收入氏著：《寒夜客来》，北京：生活·读书·新知三联书店，2005年，第111页；邹振环：《西餐的出现与最早汉译的西餐烹饪专书〈造洋饭书〉》，《影响中国近代社会的一百种译作》，第60页。

是后者更中国化,而前者更洋派。虽然实际情况未必如此,但二书所体现的编辑思路确实形成了很大差异。大而言之,两本西餐烹饪著作可以说代表了晚清西化的两种途径。

这从二书的写作目的上已显示出分歧。编写《造洋饭书》的高第丕夫人,本来的目的并不在推广西餐,而是出于家庭主妇的实际考虑,故英文序开篇即声明:"本书意在帮助外国主妇与中国厨师",希望能够"教会中国厨师做出适合外国人口味与习惯的菜肴"[1]。作者起初也只是为了自用才动笔,因朋友们纷纷来抄写,才想到增订出版。《西法食谱》的译印则怀有更大的抱负。根据文中语气,该书没有署名的序言应为出版者所拟。其篇幅虽短,却在发端与后半部分反复讲到了西餐流行实为大势所趋:

我中国自与泰西互市以来,凡起居服御有适于用者,莫不舍其旧而新是谋。而于肴馔一道,亦必格外讲求,以期精美。……方今圣明在上,中外一家,冠盖往来酬酢,时有中菜与西肴并列者。即通商大埠,贸易场中,亦得以辨味尝新。

所谓"中西互市",乃是指1842年《南京条约》签订后开放的五口通商,这当然是西餐大举进入中国的契机。而美华书馆站在西方人的立场上,自认倡导西方饮食责无旁贷,甚至将西餐与日用品的舍旧谋新相提并论,大有中西饮馔应平分秋色的期待。于此,《西法食谱》的出版,也具有了顺应潮流的必要性:

---

[1] 《造洋饭书》英文序。原文为:"This work is designed to aid both foreign housekeeper and native cooks. Every one knows how difficult it is to teach native cooks to prepare dishes suited to the taste and habits of foreigners."

惟苦无善本则效，未免食旨不甘。虽向有食单行世，类皆本国之烹庖，其海外之煎熬燔炙，尚未悉焉。是书本自泰西传来中土，一切烘烤、洗剥、选择诸法，条分缕析，纲举目张。即不善治庖者，亦可按谱将事，法至美也。

于是，被作为一部及时应世的补阙之作而推出的《西法食谱》，在满足制作技术方面需求的同时，也负载了重要的文化信息。

与《西法食谱》为纯粹的译作不同，《造洋饭书》虽然不能认定全部是自出机杼，但《（增版）东西学书录》记之为"高夫人著"，表明所有内容均应经过了高第丕夫人的加工，确有道理。关于这一点，学界至今未有异议，无论是熊月之谨慎使用的"编"，还是邹振环文中交替出现的"编译"与"编写"[1]，都对高氏的著作权表示了相当的尊重。两种不同的来路，也使得同样教授西餐做法的两本实用手册具有了不一样的面貌。

从全书的章节安排看，尽管二书大体均遵照西餐上菜的程序，繁简上却已大有出入。现将《西法食谱》与《造洋饭书》的总目分别列出。

《西法食谱》[2]的类目为：

论菜市上的东西	论杂货
论小心保守食物	论汤
论煮鱼的法则	（论蛎房）

---

[1] 参见熊月之：《西学东渐与晚清社会》，第484页；邹振环：《西餐的出现与最早汉译的西餐烹饪专书〈造洋饭书〉》，《影响中国近代社会的一百种译作》，第60—61页。

[2] 《西法食谱》的目次有《总目》与《目录》两种，后者含小节目录，且次第混乱，与《总目》以及全书的实际排序不一致。此处采用《总目》所录，脱漏处以《目录》补。另，"论肉"一项，"总目"作"论煮肉的法则"，与内文所述不符，故从《目录》。

（论龙虾）	论肉
论煮鸡类与野味	（论蛋）
论小炒	论撒勒突酱
论撒勒突	论鱼与肉的汁
论做肉粉与装藏的法则	论煮蔬菜的法则
论派爱	论朴定
论朴定的扫司	论小吃
论冰及立	论冰冻汁
论糕	论挨爱星的做法
论搡脱开克	论屯泼令
论马非音煎饼弗立偷薄饼	论早点与晚点
论省俭的东西	论馒头
论糖食	论酸果与酱
论病人吃的东西	论喝的东西
论做杂物的法则	论菜单

《造洋饭书》[1] 的类目为：

厨房条例	汤	鱼	肉	蛋	小汤
菜	酸果	糖食	排	面皮	朴定
甜汤	杂类	馒头	饼	糕	杂类

两相比照，大致相同的类目有汤、鱼（包括"蛎房"即"海蜊"，今之"牡蛎"）、肉、蛋、小汤（即"鱼与肉的汁"）、菜、酸果、糖食、排（即"派爱"，今之"派"或"馅饼"）、朴定（今之"布丁"）、馒头（今之"面包"）、饼、糕及杂类，当然，其中又有繁简之不同。而

---

[1] 本文所据《造洋饭书》为上海美华书馆1909年版。

除了"面皮"为《造洋饭书》所独有，《西法食谱》则归入"论派爱"，"甜汤"乃是混合了《西法食谱》中的"冰及立"（今之"冰激凌"）、"冰冻汁""朴定的扫司"等若干品种而成。单从目录而言，《西法食谱》的三十六项已比《造洋饭书》的十八项繁复得多。不过，这里的差异不只是省略，保留或歧出处同样富有意味。

就减省的部分而言，"撒勒突"即色拉在《造洋饭书》中的完全取消最令人惊异。这或许与二书对于调味汁的不同处理有关。作为正规的西餐烹饪教材，《西法食谱》充分体现了对调味汁的重视。原先做法单一的食物，浇上不同的汁水，便各具滋味。因此，除了配合"撒勒突"的"撒勒突酱"以及浇在各式"朴定"上的诸多"扫司"（即英文 sauce 的音译）均独立成章外，书中还专门设立了"论鱼与肉的汁"一大类，教授编号从一到二十三的各种调味汁的做法。烹制菜肴时，也会不断写明加某号汁。如"烤牛排"条，除叙述制作程序外，还要说明："吃的时候，要沾上白塔油（引者按：butter，即黄油），撒上盐、胡椒粉，或是第十号汁，或是第十二号汁，或是第十九号汁一同吃。"[1] 而这三种汁分别对应的名目是"香菌扫司""每屈度推而白塔扫司"与"番柿扫司"。到了《造洋饭书》则简单得多。"小汤"虽仍为单独一类，却只剩下了奶油小汤、各样肉小汤、火腿小汤、黄小汤、鸡蛋羹、芹菜小汤、番柿浆与薄荷小汤寥寥八种。从笔者个人吃西餐的经验看，什么菜品浇什么汁，是最难搞清的问题。即使配合恰当，其味道之浓烈，也非晚清国人所能消受。让张德彝反胃的"鱼虾味辣且酸"，以及《申报》主笔黄式权

---

[1]《西法食谱》，1900 年抄本，《论肉》之"烤肉的法则·烤牛排"条。

所鄙夷不屑的"牛羊鸡鸭之类,非酸辣即腥膻"[1],多一半是调味汁的功效。既然难以接受,更无法欣赏,则从简应该是《造洋饭书》所做出的明智选择。

保留的部分中,数目最多的应属甜食。自"酸果"以下,包括做各式甜点所用的"面皮",以及糖食、排、朴定、甜汤、糕,即使将含有不少甜品的饼类排除不计,《造洋饭书》中的甜食也已构成了七个系列,占了总类中的一小半。如此选择,实际反映了甜品较之其他西食更受国人欢迎的事实。而最早载入中国菜谱的洋食,大概即是西式糕点。如乾隆年间名士袁枚(1716—1797)的《随园食单》[2]中有"杨中丞西洋饼"一则:

用鸡蛋清和飞面作稠水,放碗中。打铜夹剪一把,头上作饼刑,如碟大,上下两面,铜合缝处不到一分。生烈火,撩稠水,一糊一夹一熯,顷刻成饼。白如雪,明如绵纸,微加冰糖、松仁屑子。(《点心单》)

又有同时代文人李化楠(1713—1769)在《醒园录》中留下了"蒸西洋糕法":

每上面一斤,配白糖半斤,鸡蛋黄十六个,酒娘半碗,挤去糟粕,只用酒汁,合水少许和匀,用筷子搅,吹去沫,安热处令发。入蒸笼内,用布铺好,倾下蒸之。[3]

二人不约而同均对西洋甜点发生兴趣,自非偶然。西餐中

---

[1] 黄式权:《淞南梦影录》,收葛元煦等:《沪游杂记/淞南梦影录/沪游梦影》,上海:上海古籍出版社,1989年,第132页。
[2] 袁枚:《随园食单》,小仓山房藏板,乾隆五十七年(1792)。
[3] 李化楠:《醒园录》,北京:中国商业出版社,1984年,第42页。

鱼肉的腥膻、蔬菜的少味，与中餐差别太大，国人多不习惯。唯有甜食全无国界，最合胃口。《造洋饭书》看重甜品，道理亦在于此。

比较两本书的食材，也可见出《造洋饭书》的因地制宜。《西法食谱》尽管偶然也会照顾到本地风光，比如"煮蔬菜的工夫"中指示烘、煮时间，"山芋"与"中国山芋"便做了区别对待。不过，这种添加只限于同类食物的补充性替代。一般情况下，译者还是照搬西书。读者于是会看到，在各种肉中，牛肉最受推崇："大概肉的当中，牛肉是最好，因为吃了，可以加添气力，价上又比别样肉是贱，而且并无一样丢弃，都是有用的。"对猪肉则颇为排斥："鲜猪肉滋味不及牛羊肉，所以西国人不甚多用。"[1] 这一饮食习惯明显与中国人相异。而《造洋饭书》尽管"肉"类之中仍以牛肉做法居多，占十五条，羊肉与猪肉分别为六条与八条，但其间已消泯了价值判断，语气上完全一视同仁。并且，区别于《西法食谱》的纯用西方原料，《造洋饭书》已进行了更多就地取材的改良。如"朴定"类开头，便介绍了三种"饭朴定"的制法；接下来说到的"雪球"，也以糯米加水果为主料，其"包起来煮"的方法，则被描述为"像中国粽子"。而"糖食"类更多取自中国本土的水果，如"橘子""橘子马马来"（"马马来"即果酱）与"橘冻"三条都特别注明"用香港的橘子"即广柑，"多罗蜜马马来"与"木瓜冻"，也分别以华南出产的菠萝与木瓜制成[2]。因而，相对本土化的《造洋饭书》自然比《西法食谱》更适用。

最能体现两书思路差异的是开头部分对厨师的总体要求。《西法食谱》看重的是选料，故先细致讨论"菜市上

---

[1]《西法食谱》，《论菜市上的东西》之"论牛肉"与"论猪肉"条。
[2]《造洋饭书》，第33—35、26、28—29页。

的东西"。如"论牛肉",总说之外,又分"拣选的法则""后腿的分法"与"前腿的分法"三题。以下再将牛后腿分成七个部位,牛前腿分作三个部位,分别说明其适合烘烤、煮汤,还是烧肉、盐腌、做冻。第二类"论杂货",谈论的是如何采购面粉、米粉、糖、香料、葡萄干等原料。接下来的"论小心保守食物",则详细讲述了各种食物保存的方法,既是为了"积省",也有出于"滋味"的考虑。如说:"肉不可放在冰上,须用盆碗来盛。因为肉遇冰,其汁要流出,肉味就无有了。"凡此,均表现出对原料的质量与新鲜度的讲究。

与此不同,《造洋饭书》更重视的显然是清洁卫生。开篇的《厨房条例》虽然表示"作厨子的,有三件事,应当留心",但相比于"要将各样器具、食物摆好"以及"要按着时刻,该做什么,就做",第三件事"要将各种器具,刷洗干净"无疑为重中之重,下面的言说全部就此展开:

> 吃完了饭,当把器具洗净,擦干,放在原地方。若不洗不擦,不但不便,而且易坏。还有营生,虽不是天天要作,也该有一定的日期,或一月一作,或一礼拜一作,或隔几天一作。就像煮饭的火炉,若有油腻落上,该立时擦去,但是每一礼拜,虽无油腻也要刷一次。碗柜,一礼拜一次,擦净灰尘;一月一次,洗净碗柜。每月一次,将房里的东西,搬到外边,将房子扫净,家器擦净。洗脸的,洗磁器的,擦灰尘的,三样手巾,必要分别明白,使后,要搭在架上,不准乱丢。所用的手巾,一个礼拜一次,交给洗衣服的人洗净。所有蛋皮、菜根、菜皮等类,不准丢在院内,必须放在筐里,每日倒在大门外,僻静地方,免得家里的人受病。肉板、面板,使后即擦,不准别用。开

壶，只许烧水，不准煮别物，应该常常擦洗干净。[1]

从清洗锅碗，一路细数到倒垃圾、烧开水，如此事无巨细，逐一交代，背后隐藏的原本是对中国厨房油腻、污垢的印象。于是，厨房的清洁成为头等大事，值得作者长篇大论。

这里不妨以《华英食谱》的取舍做个参照，尽管此书随意剪辑、完全不讲章法已如前述，但阅读其摘录的部分，仍然有助于理解晚清人对西餐的选择与看法。《华英食谱》取自《西法食谱》的洋食条目如下：

> 烤牛排、烤羊排、煮鱼、煮肉的法则、烩羊肉、烘小鸟、作馒头的法则、鸡羹、茶、煎白萝卜、烩山芋、烘葱头、切细的卷心菜

不仅选料、卫生的讲究不必顾及，连在中餐程序中并非必备的甜食也省略了，不合中国人脾胃的调味汁与洋酒自然更不会阑入。保留的品种可重新归纳如下：

主食：馒头

肴类：烤牛排、烤羊排、煮鱼、煮肉、烩羊肉、烘小鸟

菜类：煎白萝卜、烩山芋、烘葱头、切细的卷心菜（一种色拉）

汤类：鸡羹

饮料：茶

---

[1]《造洋饭书》，第1页。

这一套菜单,可以说是经过中国人眼光改造的"西餐中吃"。它既保留了西餐中的"精华",也让国人在尝新的同时,不必过于委屈自己的肠胃。

至此已经可以看得很清楚,直接译自西文的《西法食谱》,面对的是精益求精的西方厨师,执行的是标准的西餐做法。而久居中国的高第丕夫人编写《造洋饭书》,最初的考虑只是为了让那些为西方人服务的中国厨子做出合口味的饭菜。对象不同,要求也有别。何况,在中国烹制西餐,又不能不受到食材的限制与中餐的濡染,由此决定了该书不可能严格按照西餐的整套做法,将其照搬进中国。此意从积极的方面表述,便可视为高第丕夫人对西餐进行了有意识的本土化处理。这一改造显然使得该书超越了起初设想的读者群,得以在更大的范围内流通,甚至直到民国年间,仍在重版[1]。而二书流传的命运,《西法食谱》的一版而绝与《造洋饭书》的迭次重印,也为考察以西化中的两条路径——"全盘西化"与"中西调适"成效之不同,提供了一份测验数据。

两种表述方式

关于晚清三本西餐食谱使用的表述方式,也是值得探究的话题。

阅读《华英食谱》,文体间的差异感觉最明显。前半抄自《随园食单》的中式料理,纯用优雅的文言文。转接到删节版的《西法食谱》时,立刻味道大变,其模仿口语的官话,在今日概称为"通俗小说"的晚清作品中亦难得一见。引录二书同样传授采买知识的两节文字为例:

---

[1]《造洋饭书》尚有1916年美华书馆重印本。

凡物各有先天，如人各有资禀。人性下愚，虽孔孟教之，无益也；物性不良，虽易牙烹之，亦无味也。指其大略：猪宜皮薄，不可腥臊；鸡宜骟嫩，不可老稚。鲫鱼以扁身白肚为佳，乌背者必崛强于盘中；鳗鱼以湖溪游泳为贵，江生者必槎枒其骨节。谷喂之鸭，其膘肥而白色；壅土之笋，其节少而甘鲜。同一火腿也，而好丑判若天渊；同一台鲞也，而美恶分为冰炭。其他杂物，可以类推。大抵一席佳肴，司厨之功居其六，买办之功居其四。（《须知单·先天须知》）

牛肉要拣选细嫩，不可太老。油的颜色要白而带黄，用手摸去觉硬，切开时要带紫色，方是好肉。若是老一点的肉，用是可以用，必过（不过）颜色带黑，肉是粗。倘然骨大肉少，一定是老牛肉。杀了就吃，是不狠好，须要挂几天为妙。遇冷天可以多挂几天；若是热天，要小心变坏。全牛杀时，直剖两半，横割一刀，分为四块，就是两前腿、两后腿。四块当中，再可以分各样的名目。[1]

袁枚虽为文人，却崇尚"性灵"，写作讲究流畅灵动，并不喜多用典故。故《随园食单》的"须知单"与"戒单"中尽管不乏骈偶，文字照样生动传神。《西法食谱》的译文显然出自西人笔下，行文也带有自口语学习入门者的外国特色，诸如"肉是粗""是不狠好"一类的表述，明显套用了英文语法。这样，在官话与俗语相通的历史情景下，又增添了若干生硬，由此形成了传统中国读书人看不上眼的典型的西方传教士汉语。

无独有偶，出自传教士夫人之手的《造洋饭书》同样

---

[1]《西法食谱》，《论菜市上的东西》之"论牛肉·拣选的法则"。

也采用了官话，不过从文字上看，其语言已更为顺畅。应该承认，《造洋饭书》所用文体与其最初的读者定位——为西方人服务的中国厨师——完全匹配。高夫人原先的设想是，不会说汉语的西方人可以直接利用中英对照的索引，指点序号，厨子就能够根据相应的中文内容烹制；而"如果厨子不识字，他也很容易在他众多的朋友中找到一位，同样用手指点，要求读给他听"[1]。而《西法食谱》本来有更高的期待。序文最后总结说："然则是书之作，不止为庖厨辈奉为圭臬，士大夫家亦可循是谱而调和五味焉。"出版者却不了解，假使希望当时的士大夫家置一编，起码应该采用与作序者同样的表达方式，即以文言书写。那种不乏生硬的传教士汉语，其时尚难登大雅之堂。

不过，阻碍《西法食谱》流播的原因，也不能完全归咎于浅俗、不自然的表述文体，否则，同样采用官话编译的《造洋饭书》的一再重版，便成为无法解释的现象。探究其间的差别，译音词问题应是不容忽略的因素。

读《西法食谱》，"总目"之后紧接着的是："请看：以下是称量的法则，是做厨人合用的。"这些被置于篇首的"法则"如下：

面粉一夸偷即是一磅　　　　　白塔油两杯即是一磅
汤水、牛乳一抛音脱即是一磅　粗白糖两杯即是一磅
斩细肉揿结实的一抛音脱即是一磅
　上文所说的杯是厨房内所常用的，可以放半个抛音脱的。
　　称量：
夸偷合一斤又六两五钱　　　　夹伦合五斤十两

1　《造洋饭书》，英文序。

及而合二两八钱　　　　抛音脱合十一两又
　　　　　　　　　　　一两四分之一

姑且不说这些译音词之拗口难记，对于初接触者无疑类似天书，并且，尽管译者已经很为中国读者着想，将这些英美制度量衡单位折算成市斤市两，但设想中国士大夫会反向使用，以"十一两又一两四分之一"的比例，回算一"抛音脱"的容量，也确实太难为其人。实际上，即使对于今日略识英文者，也少有人清楚"夸偷"（quart，今译"夸脱"）、"抛音脱"（pint，今译"品脱"）、"夹伦"（gallon，今译"加仑"）、"及而"（gill，今译"及耳"）这些计量单位的实际意涵。大概不必深入阅读，单是浏览至此，晚清的士大夫已要打住、折返。

在《西法食谱》中，译音词的频密出现，确实已成为没有英文背景的读者明了内容的巨大障碍。即如已见于前文的《总目》三十六项中，便包含了十个译音词[1]；二十三种调味汁里，也只有"白汁""栗子""旱芹""香菌""龙虾""鸡蛋""番柿""馒头""香饼"九个名目能被当时人理解，而连缀其后的"扫司"仍不脱音译的窠臼。至于从第三号汁到第七号汁，即"孛缺每而扫司""阔连姆孛缺每而扫司""阔连姆扫司""琐泼连扫司""弗来每灵扫司"，今日读来，依然不知所云。"论糕"中，也是除了"金糕""银糕""结亲糕""花糕""大理石糕""椰瓢糕""糖浆糕""姜饼""姜糕""鸡蛋糕"之外，其他十九种糕饼均以译音标目。

对比高第丕夫人的《造洋饭书》，情况则好了许多。当然，甜食中仍有比较多的译音词，除类目中的"排"

---

[1] 即"撒勒突""派爱""朴定""扫司""冰及立""挨爱星""撨脱开克""屯波令""马非音煎饼"与"弗立偷薄饼"。

"朴定",各条中还反复出现了"马马来"(marmalade)、"唎嗯嗻"(custard,乳蛋糕)、"泼脯"(puff,松饼)等。这些名称虽然也很难理解,可书后附录的带有条目编号的中英文索引,使得不懂英文的中国厨子还是能够了解"不会说汉语的外国人的要求"[1]。

更重要的变化是,《造洋饭书》已完全使用中国本土的计量单位。如"西洋菜冻"的原料是:"西洋菜一两","两杯冷水","两杯开水","冰糖半斤,葡萄酒四杯,鸡蛋清两个";最复杂的"朴兰朴定",其配料的标示也很清楚:"一斤番葡萄干,一斤葡萄干","四两西顿糖","一斤馒头屑,半斤生牛油,一小匙盐,一大杯白糖,一杯牛奶,半杯凶酒,玉果、桂皮、丁香,照口味,拌和后加鸡蛋八个"。不妨对比一下《西法食谱》关于"奈失罗迭朴定"与"名此派爱"用料的叙述:前者为"杏仁一抛音脱,栗子去壳十二两,奶油一抛音脱,波罗蜜煮熟一抛音脱,鸡蛋黄十个,法兰西糖盐水果半磅,佛尼勒香水一小匙,酒四大匙,水一抛音脱,糖一抛音脱";后者更为惊人:"牛舌六磅,牛圈肉六磅","斩细牛油五磅,去核的葡萄干五磅,加兰子三磅,斩细橙皮一磅半,糖九磅,糖浆一抛音脱半,煮牛舌的汤两夸偷,孛兰提酒一夸偷,白酒一抛音脱,盐一茶杯,桂皮粉半茶杯,丁香粉一茶杯中四分之一,奥而司板司一茶杯中四分之一,玉果三个,梅以司一大匙"[2]。不但有些原料在中国境内并非随处都能找到,而且计量单位的中西混用也极为复杂,单是糖的计算方式,便既有重量"磅",也有容量"抛音脱"。如此说明,文化水平不高的中国厨师自然难以明白,即使有心搬演的士大夫,也会感觉无所适从。

---

[1]《造洋饭书》,英文序。
[2]《西法食谱》,《论冰及立》之"奈失罗迭朴定"条、《论派爱》之"名此派爱"条。

实际上，《造洋饭书》中有不少制作法已经完全放弃了数量说明。如"牛羊肉小炒"：

> 用牛肉，或羊肉（煮熟冷透），切碎小块，加一些水、奶油、胡椒、盐、橙子水，放在罐内，将滚即好。预备烘黄的馒头，放在盆内，把小炒倒上。[1]

其间已很有自由心证的意味。可以比较《西法食谱》同样属于"小炒"的"鸡琐弗来"：

> 煮熟鸡肉切细一抛音脱，第五号汁一抛音脱，鸡蛋四个，斩细芫荽一小匙，葱头汁一小匙，盐、胡椒粉一些。○做法：将芫荽、葱汁、第五号汁一同煮滚，加入鸡肉、盐、胡椒粉，再煮二分钟。待滚，加打过的鸡蛋黄调和；待冷，再加打过的鸡蛋白。另将烘盆揩上白塔油，将鸡肉等放入，入炉内烘半点钟。吃的时候，用第十号或第五号的汁同吃，但是不要倒在上面。烘好后要就吃。[2]

每一步骤与所需时间（精确到分钟）以及主料、配料的用量都交代得十分仔细，甚至连吃法都有详细说明。不难想象，与操作严格、调味麻烦的"鸡琐弗来"相比，《造洋饭书》中简便易行的"牛羊肉小炒"自然更得国人好感。何况，按照《西法食谱》备料时，煮熟切细的鸡肉须用卷首标明的"斩细肉揿结实的一抛音脱即是一磅"来理解，再经过一"抛音脱合十一两又一两四分之一"的换算，诸如此类，均非中国士大夫日用家居所能习惯。也正因此，书末配附的七种"早餐"、五种"昼饭"、四种十二人吃的

---

[1]《造洋饭书》，第11页。
[2]《西法食谱》，《论小炒》之"鸡琐弗来"条。

"大餐"以及五十人吃的"宵夜"、十八种"家用"等各式菜单,不谈口味,单是其繁复不切用,便根本无法在中国的家庭中推广。

本来,西方文化的接受是一个相当复杂的问题,论述的方式可以多种多样。晚清的西餐食谱虽为微物,却也能够折射出这一时代思潮的波光云影。而《造洋饭书》明显的本土化趋向与《西法食谱》内容及表述上的食洋不化,正好呈现出相对应的两种不同思路,其传播结果的差异,也为西方文化在中国的落地生根提供了正反两面的经验与教训。

2007年9月27日于京西圆明园花园
(原载《学术研究》2008年第1期,现经修订)

晚清白话文与启蒙读物

《蒙学课本》中的旧学新知

晚清新式教育的发生、近代教科书的编纂对于中国人思想观念与知识结构的深远影响，无论怎样估量都不过分。而南洋公学外院于1897年开始编纂的《蒙学课本》，因其一向被称为国人自编的第一部小学教材，在中国教育史上自然占有特殊重要的地位。不过，由于原书传世甚少，加以1901年又出版了《新订蒙学课本》，因而两个版本之间的关系以及初版的本真面目，一直少有学者用心探究。本文期望从考察版本入手，通过辨析《编辑大意》以及课文本身所呈现出的编纂者的教育理念与新知识观，揭示先后相继的这两部《蒙学课本》在中国教育-文化史上的独特价值。

南洋公学的两部《蒙学课本》

南洋公学是由盛宣怀奏请，于光绪二十二年（1896）在上海设立的新式学堂。第二年春季开学，先设师范院，招考到四十名学生；冬季即"仿日本师范学校，有附属小学之例"，添设外院，招收了一百二十名学生。至光绪二十五年（1899），外院生全部升入中院（相当于中学），"外院遂裁撤"。同年，又设蒙学堂，附属于师范院；光绪二十七年（1901），"改名为附属高等小学"[1]。由此可见，南洋公学开设外院的目的有二：一是为师范生提供教

---

[1] 参见张景良：《交通大学上海学校史略》，《交通大学月刊》第1期，1922年1月。其中师范生人数误记为"三十人"。据何梅生（即南洋公学总理何嗣焜）光绪二十四年正月十一日（1898年2月1日）《呈"外院章程"文》，称外院学堂已"于上年十月十五日开馆试教"，因知其开学日期为1897年11月9日。见《交通大学校史》撰写组编：《交通大学校史资料选编》第一卷，西安：西安交通大学出版社，1986年，第51页。

学实习的场域,最初的《南洋公学纲领》已明确规定,外院生"即以师范生教之";二是为保证中院的生源,是即《纲领》中所言,中院生乃"由外院依次挑补递升"[1]。

为因应外院的教学,南洋公学于设院之顷即编印了《蒙学课本》。关于这一点,所有的记述均无二言。而一旦涉及该课本的编者、卷次及内文,却是说法歧出。依时代先后,将各家意见摘录如下。

1925年12月,中华书局总经理陆费逵(字伯鸿,1886—1941)应正在编辑《近代中国教育史料》的舒新城之约,回答其"教科书过去之历史"一问。自称"这一篇账完全在我记忆里"的伯鸿先生,最先提到的就是《蒙学课本》:

第一部出版的书,要算辛丑年朱树人编南洋公学出版三本《蒙学课本》,他是仿英美读本体例,但是没有图画。[2]

显然,陆费逵记忆中的《蒙学课本》已非始于1897年的初版,而是1901年的新订本。这其实已算不得"第一部"。而此本的编者则确定为朱树人。

1928年3月,舒新城(1893—1906)出版《近代中国教育史料》,其中第二册收录了署名"南洋公学"的《蒙学课本初编编辑大意》《蒙学课本初编字类略式》《蒙学课本二编编辑大意》以及《蒙学课本两课》,即卷一与卷二两篇第一课课文。在此五篇文献之前,有舒新城以"编者"名义写的按语:"中国自编小学教科书之始,时为

---

1 《南洋公学纲领》,《实学报》第5册,1897年10月。
2 陆费逵:《与舒新城论中国教科书史书(1925年12月1日)》,收舒新城编:《近代中国教育史料》第2册,上海:中华书局,1928年,第262页。

光绪二十三年。附录原文二课。"[1] 很容易使人误解所选各篇均作于1897年。而其后大量的论述即以此为据,特别是经由1986年出版的朱有瓛主编之《中国近代学制史料》第一辑的照样转录,征引更为方便,其间的误会亦流传更广。

1934年5月,中华民国教育部编纂、出版《第一次中国教育年鉴》,关于《蒙学课本》有如下记录:

> 光绪二十三年南洋公学外院成立,课程分国文、算学、舆地、史学、体育六科,由师范生陈懋治、杜嗣程、沈叔逵等自编《蒙学课本》三编,铅印本,形式不佳……

这里第一次明确指出,1897年编纂的《蒙学课本》乃是出自陈懋治、杜嗣程、沈庆鸿(字叔逵,1870—1947)等师范生之手。同时,对于1901年的新订本也有记载:"南洋公学本朱树人编《蒙学课本》三本,仿英美读本体例而无画者。"[2] 其说明显取自陆费逵。

次年11月,商务印书馆编印的《出版周刊》第一五六号发表了商务老人蒋维乔(1873—1958)的《编辑小学教科书之回忆》,谈及《蒙学课本》的一节,乃是合并了《第一次中国教育年鉴》与前述《近代中国教育史料》而成:

> 民元前十五年丁酉,南洋公学外院成立,分国文、算学、舆地、史学、体育五科。由师范生陈懋治、杜嗣程、

---

[1] 舒新城:《蒙学课本初编编辑大意》编者按语,收舒新城编:《近代中国教育史料》第2册,第243页。
[2] 教育部编:《第一次中国教育年鉴》戊编"教育杂录"第三《教科书之发刊概况》,上海:开明书店,1934年,第116页。

沈庆鸿等，编纂《蒙学课本》，共三编，是为我国人自编教科书之始。然其体裁，略仿外国课本，如第一编第一课，"燕、雀、鸡、鹅之属曰禽。牛、羊、犬、豕之属曰兽。禽善飞，兽善走。禽有二翼，故善飞。兽有四足，故善走。"决非初入学儿童，所能了解。印刷则用铅字，又无图画。然在草创之时，殆无足怪。

显然，除"决非初入学儿童，所能了解"以及最后两句恕词系蒋氏自我立言，其他均有所本。陆费逵对于《新订蒙学课本》的叙述，也移用于初编本，却未列出两个版本的差别及朱树人之名；引录的第一课课文，亦见于舒新城书中。由于该篇被张静庐先生采编进其所辑注之《中国出版史料补编》[1]，成为易见文献，学界对其已相当熟悉。

不过，虽有多家回忆、记载，其间仍有若干问题并不明朗。由于初版《蒙学课本》已很罕见，其样貌究竟如何，与1901年的《新订蒙学课本》之间有着怎样的关联与区别，都有待进一步落实。而其中部分答案已由汪家熔在其辑注的《中国出版史料（近代部分）》中提供。该书第二卷收入《南洋公学蒙学课本四件》，卷一与卷二的两篇第一课尽管仍录自舒新城的《近代中国教育史料》，却已明确说明："《南洋公学蒙学课本》有两个版本：光绪二十三年（1897）编写本与光绪二十七年（1901）新订本。两个版本的编辑宗旨和课文的深浅完全不同。"并将此程度较深的两课标注为1897年版所有。同时收录的另外两篇文字，即《南洋公学新订蒙学课本初编编辑大意》与《南洋公学新订蒙学课本二编编辑大意》，则署记为1901年作，汪氏另加注特意说明：

---

[1] 张静庐辑注：《中国出版史料补编》，北京：中华书局，1957年，第138—145页。

这儿文字是据南洋公学师范院光绪二十七年（1901）称作"新订本"的、供正常情况的一、二年级小学生用的《蒙学课本》的《编辑大意》实物转录。它所显示的与光绪二十三年（1897）的《蒙学课本》完全不同。很多教育史转〔专〕著和史料集辑转引录而误作1897年的《蒙学课本》的《编辑大意》。[1]

由于汪家熔并未见过初版本《蒙学课本》[2]，因此，其虽然纠正了一个流传已久的错误，将两篇《编辑大意》归还给1901年的新订本，却无法证明初本有无此类文字。

应该说，自岳麓书社将《新订蒙学课本》列入"传统蒙学丛书"，于2006年排印出版后，此本已由稀见珍本变成唾手可得。不知是否由于底本有缺页，排印本的二编《编辑大意》未见，却多出了《近代中国教育史料》与《中国出版史料（近代部分）》均不曾收录的三编《编辑大意》，亦属难得。初编《编辑大意》后有《字类略式》，即舒新城书中所收者。笔者有幸在阿英藏书中发现此本[3]，书名署作"新订蒙学课本"，初、二编版本信息为"光绪二十七年孟夏""南洋公学第一次印"，因知其刊行时间在1901年五六月间，实际的承印者为上海商务印书馆。而三编则记为"光绪二十七年孟冬"，即1901年十一二月间出版，因编者在《编辑大意》中已自承："春间草定课本初、二编，强颜问世，出书后，维惴惴以倒绷孩儿为惧。三编之续，搁笔者屡矣；又念成约在先，不敢渝盟，

---

1 宋原放主编：《中国出版史料（近代部分）》第二卷，武汉：湖北教育出版社；济南：山东教育出版社，2004年，第527—528页。
2 汪家熔在2008年3月由商务印书馆出版的《民族魂——教科书变迁》中仍然说："南洋公学师范生陈懋治、杜嗣程、沈庆鸿等编纂的《蒙学课本》已极难找到。现在能见到的是另一版本，即朱树人编的，很多人误认为是陈懋治等编的重印本。"（第18页）
3 感谢安徽师范大学的吴徽老师代为拍照。

姑复强颜而续之。"即是说，《新订蒙学课本》既非成于一时，刊行亦分先后[1]。这对我们理解初版《蒙学课本》的编印也有帮助。此三编的课文数目为：初编上七十课、下八十课，二编一百三十课，三编一百二十八课（一本为一百三十课）[2]。

其实，到目前为止，笔者同样未曾目睹过《蒙学课本》的最早版本。不过，比其他论者略胜一筹的是，到底还是翻阅过此书的第二与第三次印本。其书名均题作"蒙学课本"，前者署"光绪己亥南洋公学二次排印"，各卷卷末都有"上海华洋书局代印"的字样；后者署"光绪辛丑南洋公学三次排印"，卷末则易为"上海商务印书馆代印"。除个别文字的修订外，两本基本相同，通篇亦均不见编者说明。尤为重要的是，凡此种《蒙学课本》均分二卷，与自《第一次中国教育年鉴》以来的所有记载中"三编"的说法迥异[3]。而舒新城抄录的两课，恰正分置于卷一与卷二第一课的位置。现在至少可以肯定，《蒙学课本》为两卷本，无《编辑大意》，起码刊行过三次，甚至在《新订蒙学课本》面世的同一年——1901年，仍在重印。其卷一有一百三十课，卷二分三十二课。

关于编者，前人虽多将1897年的《蒙学课本》认作陈懋治、杜嗣程、沈庆鸿等人所编，而将1901年的《新订蒙学课本》归属于朱树人，但也有含糊其词、混为一谈

---

1 由南洋公学师范院于光绪二十七年（1901）十一月排印的《统合新教授法》，书后附有《南洋公学师范院编译图籍广告》，其"已印已发售之书"中有《（大本）蒙学课本》与《新订蒙学课本》初、二编，"已成未印之书"中有《蒙学课本》三编，可知其时《新订蒙学课本》三编尚未出版。
2 岳麓书社排印本为一百二十八课，阿英藏书为一百三十课。
3 汪家熔虽澄清了《近代中国教育史料》载录的两篇《编辑大意》非初版本，却也因未见原本而误信前人，其《民族魂——教科书变迁》中仍然沿用了"《蒙学读〔课〕本》是由师范生陈懋治、杜嗣程、沈庆鸿等编纂的，共三编"（第17页）的成说。

《蒙学课本》二次印本（1899年）内封

《新订蒙学课本》（1901年）内封

者[1]。实则，朱氏作为新订本的编纂者本是确定无疑。一个有力的证据是，此书初编《编辑大意》所言"属辞之法，当别作文规教科书以明之"；两年后，上海文明书局即出版了由朱树人编写的《蒙学文法教科书》。至于《蒙学课本》的编者，笔者因见到《交通大学校史资料选编》收入的《南洋公学师范班学生名单》，倒不禁对成说产生了怀疑。按照此表，朱树人、陈懋治、沈庆鸿均为光绪廿三年三月入学，且前二人都做过"学长"即级长或班长，杜嗣程的进学时间却迟至光绪廿四年十月[2]，已在1898年十一二月间。倘若《蒙学课本》确为1897年所编，杜嗣程显然应排除在编者之外。而杜之列名其中，很可能是沾了日后参与编纂《蒙学读本全书》的光。该书共七册，"由俞复、丁宝书、吴敬恒等执笔，丁宝书绘图，杜嗣程缮写，书画文有三绝之称"[3]，1902年经上海文明书局出版后，风行一时。此外，真正被遗漏的编者或许是朱树人，根据其在师范院创办之初即被任命为学长，且享受每月四十两薪银的特殊待遇诸情节[4]，推测朱氏也参与了《蒙学课本》的编纂，应该是在情理中。

另外一个值得讨论的问题是初版《蒙学课本》的印行时间。因为目前所有的论述都是依据舒新城的说法，定为"光绪二十三年"，而舒氏所见是否为初本则不得而知。于此，1923年张景良发表的回忆应该受到特别的重视。张氏光绪二十四（1898）年一月进入南洋公学师范院学习，

---

1 如盛懿、孙萍、欧七斤编著的《三个世纪的跨越——从南洋公学到上海交通大学》（上海：上海交通大学出版社，2006年）称："师范生朱树人、陈懋治、沈庆鸿、杜嗣程等自编了教科书《蒙学课本》，该书仿照英美教科书体例，取通俗常见物名，用浅显易懂的文字编撰起来，共三编三册……"以下所述内容显系出自1901年的《新订蒙学课本》（第18页）。
2 《南洋公学师范班学生名单》，《交通大学校史资料选编》第一卷，第78—80页。
3 陆费逵：《六十年来中国之出版业与印刷业》，《申报月刊》第1卷第1号，1932年7月。
4 参见凌安谷主编：《西安交通大学大事记（1896—2000）》，西安：西安交通大学出版社，2004年，第4页。

20世纪20年代仍在交通部南洋大学附属小学任教,是这段历史的知情人。1922年,张已撰有《交通大学上海学校史略》一文,其中提到:"是时吾国尚未有教科书,师范生乃仿东西各国之法,次第译编,以为教授,刊印出书,风行全国,颇极一时之盛。"[1] 一年后,张氏又作《旧南洋的旧话》,对于师范生的教学情况有更细致的叙述:

  师范生的地位,对于总办,是为学生;对于外院生,是为先生。师范生每天教书两小时外,亦也学习语文,算学,物理,化学。余时各人出了意思,仿照外国书的法子,编纂教本。从前风行全国的《蒙学课本》、《文义进阶》,以及小学用的历史,地理,算术,图画,唱歌,等书,都是了。[2]

既然外院生1897年11月9日方始入学,负责教授的师范生也有各自的功课需要学习,编写教材只能放在"余时";并且,初为教师,合理的做法也应当是随教随编;加以排版印刷也必须留出时间。所以,第一部《蒙学课本》的问世很可能是在1898年。

编辑思路之异同

  阅读两个文本,最先得到的印象应该是差别非常明显。《蒙学课本》确有如蒋维乔所批评的"决非初入学儿童,所能了解"的过深之病,《新订蒙学课本》则对此已做了很大改进。探究其间的原因,实与南洋公学独特的办学方针与招生举措有关。

---

[1] 张景良:《交通大学上海学校史略》,《交通大学月刊》第1期,1922年1月。
[2] 石(张景良):《旧南洋的旧话》,《南洋大学学生生活》(《南洋周刊》第2卷第16号),1923年6月,第34—35页。

其实，晚清的"蒙学"与现代的"小学"概念并不重合，其所涵盖的年龄段很宽，知识水平也不均衡。一般说来，凡是某一种学问的入门书，都可归入"蒙学"一类。具体到南洋公学，汪家熔即根据光绪二十四年（1898）盛宣怀所上《南洋公学先设师范院折》以及何嗣焜《呈"外院章程"文》中言"别选年十岁内外至十七八岁止聪颖幼童一百二十名，设一外院学堂"，以及因学生"年齿之长幼不齐，学业之浅深各异，当经酌分大中小三班"而断言，"可见他们的小学生入学时均念过书"，因此《蒙学课本》对他们"并不嫌深"[1]。

关于外院学生入学时的文字水平，在当年的招生广告"招考之格"一项已有规定：

现在略依年岁，分作四班：第一、二班试以论说，取文理明畅者；第三班取讲解明晰、默写清楚者；第四班取背诵不讹、略能讲解、口齿清朗者。

也即是说，录取考生最低程度也须能背诵《四书》、稍有理解。这种对于中文程度的重视，在特别强调"其专习西学、未习中学者弗录"[2] 的说明中尤为明显。而此举原有其现实针对性。1896年，何嗣焜参观设于天津的北洋大学堂时，"发现该校学生精通中文者没有几个"，甚至许多人"不会写简单的汉语作文"。而"在他看来，不会写本国语言的学生就不具备学习现代学科的必要资格，因此他认为录取学生的首要条件应当是具有阅读和书写本国语的

---

[1] 汪家熔：《南洋公学蒙学课本举例两种》（1897年）注，宋原放主编：《中国出版史料（近代部分）》第二卷，第528页。此意先见于其所作《"眼见为实"还不够——关于撰写出版史的提醒》，《出版发行研究》2001年第12期。
[2] 《南洋师范学堂招考外院生规条》，《新闻报》，1897年8月29日。

能力"[1]。于是,次年出任南洋公学总理后,何氏便立即将其设想落实在师范院与外院的招考上。

而《新订蒙学课本》前二编于1901年初夏印行时,南洋公学附属高等小学堂已在此前的3月20日开学。按照继任总理张元济的说法,因何嗣焜的突然病逝,小学堂"规约未具,无所率循;一切需用课本编译亦未完备"。此时重印《蒙学课本》,相信是其所谓"临渴掘井"的无奈之举。而学生的年纪与国文程度又普遍低于先前的外院生,课本之不适用,"窒碍尤多",正是张氏最大的苦恼。其"将课本从速编译,以便施教"[2]的企望,应即落实在朱树人恰于此际开始编写的《新订蒙学课本》上。这也是1901年新旧两种《蒙学课本》一时并行的原因。

为适应正规小学堂的需求,与初本的起点甚高不同,《新订蒙学课本》已自觉放低身段。初编《编辑大意》最先言及的便是:

陵节躐等,古有明戒。瓶瓮之不知而语以钟鼎,犬马之不识而语以麟凤,非法也。是编专取习见习闻之事物,演以通俗文字,要使童子由已知而达于未知而已。

这一循序而进的思路贯穿于整套课本的各个环节。故而在每编书名页后,都有一段提示:"初编为七、八岁童子而作,二编、三编以次递进。三书首尾衔接,习二、三编者必从初编入手。如年齿稍长,已能贯穿文义,可将初编并日习之,习毕接读二、三编,幸勿陵越。"[3] 以旧本的卷一

---

1 福开森:《南洋公学早期历史》,收《交通大学校史资料选编》第一卷,第9页。
2 张元济:《为办附属小学呈文盛宣怀》(1901年),收《交通大学校史资料选编》第一卷,第70页。
3 均见于1901年《新订蒙学课本》。

第一课为例："燕雀鸡鹅之属曰禽，牛羊犬豕之属曰兽。禽善飞，兽善走。禽有二翼，故善飞；兽有四足，故善走。"在新订本初编上卷中，此课文内容已经过多次分解，从第三课的"鸟兽、牛羊、鸡犬"，到十九课的"花开、叶落、鸟飞、兽走、日入、月出"，再到三十四课的"鸟能飞，鱼能游，兽能走"，最后合成第六十七课的"鸟有二翼，故善飞；兽有四足，故善走"[1]。这一由浅入深的编纂原则甚至也被朱树人编织到课文中，初编下卷第十六课之"《蒙学课本》分上、下两卷，第一卷易解，第二卷稍难解"[2]，正体现了编者对此理念的高度自觉。

编辑思路的调整，使得《新订蒙学课本》与旧本迥然不同。不过，在重新编写的过程中，朱树人对旧本仍有借鉴。前述初编分解旧本卷一第一课之例只是片断的采用，更多的全篇移用则见于第三编。实际在此卷的《编辑大意》中，朱氏已明言："是编节取旧刊《蒙学课本》，汰旧益新，增删各半。"可见除浅深之别外，两个文本仍有前后承接的脉络。而这种延续性，在重视西学知识的传授上尤为突出。

以初本卷二而言，总共三十二课，可分为三部分：一至八课属于天文学，如《四季及二分二至说》《地球问答》《地动问答》《说日》《月说》等；九至二十一课为生理学，如《全体略论》《论消化食物》《论血之运行》《脑气筋论》《论目》《论耳》《论鼻》《论口》《论手》等；二十二至三十二课稍杂，而以饮食卫生为主，如《制蔗糖法》《制萝卜糖法》《论清气》《论呼吸》《论食》《论饮》等。所有这些内容都是当时刚从西方传入的新知识。

---

1 课三、课十九、课三十四、课六十七，《新订蒙学课本》初编上，长沙：岳麓书社，2006年，第10、14、18、26页。引文标点偶有改动，不出注。
2 课十六，《新订蒙学课本》初编下，第31页。

《蒙学课本》西化程度之高，在饮食类课文中可算是登峰造极。按说对西方文化的接受中，最难适应的肯定是肠胃，因此西餐至今仍不能在中国普及。有趣的是，《蒙学课本》中有限的餐饮制作，几乎全为西法西食独占。不仅有《小粉及哥路登说》《作乳油乳饼法》一类辅料的西式做法简介，即使相对普通的食物，选择的也是面包与葡萄酒，而非国人日常食用的米饭、馒头或白酒。课文详细介绍了其制作方法，如卷二第二十六课《酿葡萄酒法》：

葡萄酒者，欧洲各国常饮之酒也。法于葡萄熟时，招工收摘，用人极多，以期速成藏事，免稽延时日，致屯积腐烂之弊。摘后即纳大桶中，打去其核，葡萄自能发酵，糖质变为酒醇。此时桶内若沸，因有炭养气发出也（此气甚毒）。……葡萄发酵已透，即取其汁倾于别桶中，旋用榨床榨其渣滓，所得之汁于倾亦桶〔亦倾于桶〕。汁在桶内，尚须发酵数天，故不可太满。余下之渣，可提取酒醇，或用以粪田。葡萄酒之红色，乃自葡萄之皮核经酒醇融化而得；若去其皮核后令发酵，即得白色酒矣。葡萄在桶中发酵已毕，待其澄清，即收入别桶。桶有圆孔，至春则取鱼胶盐或捣成雪形之蛋白，由孔纳入，更用小棍搅之，以鱼胶匀适为度。少顷，胶挟杂质下沉，而酒色始清明矣。法国葡萄酒最为著名，今所谓香饼酒者，即法之白色葡萄酒，以所出之地为名者也。（地名香巴月，即香饼之转音也。）[1]

课文编写者的用意显然不在于教导学生自行酿制葡萄酒，这从其不只叙述了红、白两种葡萄酒的酿造方法，而且对

---

[1] 第二十六课《酿葡萄酒法》，《蒙学课本》卷二，上海：南洋公学，1901年第三次排印本。

一般葡萄酒知识也有所说明上可清楚见出。而其之所以认为学生应有了解，乃是因编者判定葡萄酒在西方文化中属于日用必需，故在常识之列。

如此厚待西学，看似与招生广告中重视考生的中学背景相违逆，实则不然。按照其时师范院学生的说法：

> 外院生，年长的十七八岁，幼者不过十二三岁。国文因受过家庭的训练，程度大都已楚楚可观，所缺的是时务上的学科。[1]

所谓"时务上的学科"，在当年即指西学。因此，"蒙学"对他们来说，意义本在西学启蒙。这也符合南洋公学第一任总办何嗣焜的教育理念。他对北洋大学堂"经过英语和现代学科的考试后录取的"学生中文水平的低下极为不满，故力图纠偏：

> 何先生对新学院的理想是，这所学院应当培养文人的子女懂得现代学科，而学生接着也就能够用规范的中国文学语言把他们的思想记录下来，因此，现代学科就会成为中国文学生活的组成部分。北洋大学所进行的现代学科的教育只像装附在中国文化表面的一层饰品，而若将这种教育传授给能够用规范的语言表达新思想的人们，则现代学科将很容易变成更为广泛的文化的真正组成部分。

何嗣焜确实是一个目光如炬、深谋远虑的教育家。他经办南洋公学，"只招收那些经过严格中文考试合格的学

---

[1] 石（张景良）：《旧南洋的旧话》，《南洋大学学生生活》（《南洋周刊》第2卷第16号），第35页。

生"[1]，并非有意培植国学人才，而是为了借助这些人良好的国文训练，使得西学在其思想中内化之后，再用令人信服的文字传播扩散开来，从而构成整个社会新文化的基础。如此，外院教材《蒙学课本》偏重西学，正是题中应有之义。

到朱树人编纂《新订蒙学课本》时期，外院虽已改成更为规范的附属高等小学堂，这一教育方针却丝毫未变，西方科学重实验的理路甚至更得到彰显。《南洋公学高等小学堂章程》"立学总义"之标举"矫近代教育偏重文字之弊，设普通完备学科，使学者得受普通之知识"，"学科程度"之强调"各学科教授之法均以实验为主，置备理化仪器、动植矿物标本、历史、地理挂图，工商实业应用器具"[2]，都明示出这一指向。体现在朱编课本中，不只最高程度的三编有《种麦略法》《种稻略法》《释植物油》《制蔗糖略法》《释黄金》《释银》《说地球之大》《说海水云雨》《说空气》《释寒暑表》《释显微镜》等科学知识篇，即使属于初级教程的初编中，也加进了一些简单的算术题，如"某儿之弟六岁，其弟生时，儿方三岁，问此儿年几何"，"盘中有橘数枚，三童子各得三枚，问盘中橘若干"[3]，实验科学的精神已先入为主地融贯在课文中。

对于科学精神的讲求，在《新订蒙学课本》初编置于课文之前的《字类略式》中表现得最为充分。朱树人在《编辑大意》之外增设此篇，主意在仿《马氏文通》体例，以便学生尽快掌握各类词汇的属性，规范地造句作文。此意在马建忠光绪二十四年（1898）所作《〈马氏文通〉后

---

[1] 福开森：《南洋公学早期历史》，《交通大学校史资料选编》第一卷，第9—10页。
[2] 《南洋公学高等小学堂章程》，收《交通大学校史资料选编》第一卷，第52页。该件年代由编者加注为光绪二十四年（1898），不确，应为光绪二十七年（1901）所拟。
[3] 课二十、课二十一，《新订蒙学课本》初编下，第32页。

序》中已有说明:"斯书也,因西文已有之规矩,于经籍中求其所同所不同者,曲证繁引以确知华文义例之所在,而后童蒙入塾能循是而学文焉,其成就之速必无逊于西人。"不只以西方语法解析中文被认为有益于蒙学教育,其更深刻的意义尤在于,"及其年力富强之时,以学道而明理焉,微特中国之书籍其理道可知,将由是而求西文所载之道,所明之理,亦不难精求而会通焉"[1]。显然,熟习这套语法的最终目的仍是为学习西学提供快捷方式,这与南洋公学的教育宗旨亦完全一致。而朱树人对《马氏文通》的推崇也正建基于此,先是认定:"中土向无文法书,《马氏文通》独创巨制,其书精博,必传无疑。"但又担心,"此编以字类为次,阅者若不习西文,又未读马氏之书,则见'动字'、'静字'等名目,几不知为何等语矣",因此为之"略加疏证",并强调"大纲悉宗马氏,以免歧异;子目则互有出入,姑存臆说"[2]。为此,从第一课开始,整个初编均以词性的分类演进为课文编排的中心线索。

《马氏文通》以欧西语法解析中国文句,近年颇受诟病,但在初出之时,无疑以其科学姿态令人耳目一新。朱树人急切地将其引入蒙学教材,适见其对西方学术的强烈认同。而对于初入学儿童,于具象的识字之外,尚须辨认抽象的词性,未免太过艰深。故晚于《新订蒙学课本》一年出版的《蒙学读本全书》,便不再于卷首解释各类词汇的性质,而改为卷末设置《字类备温》,总汇此册课文中出现的诸字,以便温习。同时也指出:"盖名、代、动、静诸名义,儿童本不能辨。但使知何字为何类,童而习

---

[1] 马建忠:《后序》,《马氏文通》,北京:商务印书馆,1983年,第13页。
[2] 《字类略式》,《新订蒙学课本》初编,上海:南洋公学,1901年。

之,亦为后日讲华洋文法之一助。"[1] 其纠正《新订蒙学课本》专注语法之偏失,用意极为明白。由此可见,朱树人虽在识字上遵循了由浅入深的教育通则,却于讲求语法上有失冒进,这也只能以其强烈的求知西学意识解之。

作为一种象征,两种《蒙学课本》的最后一课其实颇有意味。初本《蒙学课本》卷一第一百三十课开宗明义即宣称:"今日已译之书,以天演学为最新。"课文主体便根据严复所译《天演论》,而阐明生存竞争、优胜劣败之理,即所谓"进化之理"。在欧美先进文化、强大国力的观照下,编者举示"日本师之,三十年遂与并兴"的先例,以此激励学生:"黄种善学,不让白人,凡我华民,亦可以兴矣。"[2] 其后,沈庆鸿于1902年赴日留学,走的正是借途日本、学习西方的快捷方式。至《新订蒙学课本》三编最末一课,标题已署为《谋游学外国书》。在其时留学日本渐成热潮的形势下,"粗通法文"[3] 的朱树人在教授书信写作的同时,也真切地表达了其个人期望游学法国的心愿[4]。积极追踪最新西学知识,直至期望亲身游历受学,有这样的编者,成于其手的课本焉得不以西学为主线?

科学常识的由译到编

以传授西学知识为主导,由此考察《蒙学课本》的编写环境,可以发现其能够借用的读本其实相当有限。而南洋公学的师范生如何借鉴这些选择性不多的文本,加以改

---

1 《蒙学读本全书一编约旨》,《蒙学读本全书》一编,江苏无锡三等公学堂,约1902年。
2 第一百三十课,《蒙学课本》卷一。
3 朱树人:《〈巴黎书库〉提要自叙》,《实学报》第1册,1897年8月。
4 《谋游学外国书》中拟言:"侄习研法文,已逾六载,素抱出洋游学之愿,无如家况清寒,艰于资斧。顷奉上谕,饬各省督抚筹派出洋学生,伏读之余,不胜欣慰。继念经费有限,向学者多,恐不免向隅之叹。辗转思惟,别无良法,惟有求请老伯大人于某中丞前代为吹嘘,请其筹款,派往法京。"《新订蒙学课本》三编,第185页。

造,编成程度、篇幅适中的课文,同样令人感兴趣。

梁启超于1896年10月印行的《西学书目表》[1],提供了至当时为止各类西学书籍的出版情况。除在《书目表》的"识语"栏有简要评说,梁氏又在《读西学书法》中稍做发挥。如此,该书便不但具有了一般书目的目录功能,而且透过梁启超这位新学人物的眼睛,也大致呈现了各书在19世纪90年代后期的价值。这正是《蒙学课本》赖以成书的知识语境。

在《〈西学书目表〉序例》中,梁启超对此前的西学译本曾做概要说明:

> 已译诸书,中国官局所译者,兵政类为最多,盖昔人之论,以为中国一切皆胜西人,所不如者兵而已。西人教会所译者,医学类为最多,由教士多业医也。制造局首重工艺,而工艺必本格致,故格致诸书,虽非大备,而崖略可见。惟西政各籍,译者寥寥,官制、学制、农政诸门,竟无完帙。[2]

由此也可以理解,初刊《蒙学课本》为何以天文、生理与卫生学为中心,这既是由初等教育应教以普通学即基础知识的教学原则所决定的,也与其时译本的总体取向有关。而格致学在当年的范围包罗极广,大致与今日之"自然科学"相当,有时更有溢出。如英国传教士艾约瑟(Joseph Edkins,1823—1905)受总税务司、英人赫德(Robert Hart,1835—1911)之约,于1885年编译完成的一套西学启蒙读物,包括了《富国养民策》《辨学启蒙》《希腊志

---

1 《西学书目表》由上海时务报馆代印,其《〈西学书目表〉附读〈西学书法〉》的广告,首见于1896年10月《时务报》第8册。
2 梁启超:《〈西学书目表〉序例》,《时务报》第8册,1896年10月。

略》《罗马志略》与《欧洲史略》，李鸿章在序中却称其为"格致启蒙之书十六种"[1]。此书1896年由上海著易堂书局重印，始定名为《西学启蒙十六种》。

根据《西学书目表》，当时适于取用作《蒙学课本》编纂参考的西学读物全为译本，除"以泰西新出学塾适用诸书"[2]为原本的《西学启蒙十六种》外，尚有美国传教士、京师同文馆总教习丁韪良（William A. P. Martin, 1827—1916）编著的《格物入门》与英国学者傅兰雅（John Fryer, 1839—1928）翻译的《格致略论》。后者乃"自英国《幼学格致》中译出"[3]，1876—1877年在其主编的《格致汇编》上连载；前者于1868年首印后，1889、1899年又两度出版增订本。观其内容：《格物入门》分为力学、水学、气学、火学、电学、化学与测算举隅七卷；《格致略论》大体依照天文、重学、地学、地理学、热学、光学、电学、气学、水学、化学、植物学、动物学、人类学、人体学、人性学连类而下，共三百零一条；《西学启蒙十六种》则于前举五书外，尚有《西学略述》以及格致总学、地志、地理质学、地学、植物学、身理、动物学、化学、格致质学、天文启蒙各种。三著均属19世纪末流行的西学普及读物，所涉学科的基础知识，也被视为童蒙应知的科学常识[4]。

梁启超于三书之中，最看好的是《西学启蒙十六种》，

---

1 李鸿章：《序》，艾约瑟编译：《西学略述》卷首，上海：总税务司署，1885年。
2 艾约瑟：《叙》，艾约瑟编译：《西学略述》卷首，收入艾约瑟译：《西学启蒙十六种》，上海：著易堂书局，1896年。
3 《格致略论》题注，《格致汇编》第1册，1876年2月。原文未署名，依例应出傅兰雅之手。
4 梁启超《〈西学书目表〉序例》曾以纪昀撰《四库全书总目》与阮元著《畴人传》为例，比较中西知识之差异："昔纪文达之撰《提要》，谓《职方外纪》《坤舆图说》等书，乃仿中国邹衍之说，亦饰变幻，不可究诘；阮元之撰《畴人传》，谓第谷（按：Tycho Brahe, 1546—1601，丹麦天文学家）天学，上下易位，动静倒置，离经畔道，不可为训。今夫五洲万国之名，太阳地球之位，西人五尺童子，皆能言之，若两公，固近今之通人，而其智反出西人学童之下，何也？则书之备与不备也。"

不过，其推许为"特佳之书"的并非格致诸作，而是《希腊志略》《罗马志略》《辨学启蒙》与《富国养民策》；最贬斥的则是《格物入门》，以为其"无新奇之义"，"可不必读"；《格致略论》尚可称"简括""明备"，故认为"新学披览，亦可增智"。不过，他对这些出自外国人之手的译述文笔总体评价甚低，评论《西学启蒙十六种》的"译笔甚劣，繁芜佶屈，几不可读"，《格物入门》的"译文亦劣"，俱见此意。而这恰是南洋公学师范生可发挥优长之处。

依照朱树人的看法："泰西之读本，为科学（即天文地理等学）之管钥，亦笔札之资粮。"[1] 显示在其心目中，科学本优先于文学。故《新订蒙学课本》的《编辑大意》特别声明："小学者，学士农工商，尽人当知之学，非学为政事家、文学家、义理家也。此今日泰西各国小学之公理。"这一被朱树人认作无可置疑的"公理"，实与中国传统教育以学文学道为主的趋向完全相左，特别在强调小学不是为了培养政治家、文学家、哲学家而属意于"士农工商"的目标上，用心尤为显豁。其所首肯的乃是于学生将来谋生有益的常识，课本之偏向日常实用，科学知识占了很大比重，在此均可获解。而朱氏编撰之时，也必得规仿西方小学教科书，所谓："集泰西读本善法，窥窃余绪，损益成书，以备小学之一格而已。"[2] 正是值得相信的夫子自道，亦足为初刊《蒙学课本》之代言。

不妨以与工匠关系最为密切的钢铁知识为例，观察其如何从译本进入课文。《增订格物入门》卷六《化学》之第四章为"论金类"，其中专有一节"论铁"，虽然通篇采用了问答体，但问题设置得相当机械，如"铁何物""有

---

[1] 《编辑大意》，《新订蒙学课本》初编。
[2] 《编辑大意》，《新订蒙学课本》二编。

用之铁砂若何""铁砂取出生铁,其法若何",只是把小节标题简单地置换成问句。回答也毫无趣味性可言,若第一问之答语:"地中本有自然纯铁,与养炭磺相合者,亦随处有之,总名铁砂。其数二十,其字 EF。"以下分别以"有用铁砂""铁砂取出生铁之法""热风吹炉之益""生铁镕成熟铁之法""捶铁之法""熟铁制为条片之法""制钢旧法""制钢新法"为题,详细讲述了如何炼出生铁、熟铁与钢的制造工艺。对于技术史的强烈兴趣,使丁韪良在列举"制钢甚便"[1]的新法之后,仍然舍不得略去已被淘汰的旧法。因此,"论铁"一节便用去了近两千字。而其中诸种化学元素的译音、符号以及炼制工艺的复杂,即使有绘图说明,初学者也很难理解。

到了《新订蒙学课本》,朱树人在二、三编中,总共用了四课介绍这些知识,且循序渐进。二编中之"说铁"只有七十余字:

> 金类之中,以铁之为用最繁。农具如犁锄镰锸,非铁不成;工具如斧锯锥钳,武具如刀剑枪炮,亦非铁不成。黄金虽为极贵之物,然仅以铸金钱,捶金叶,制首饰而已,终不如铁之贱而有用也。[2]

这是从生活中随处可见的日用物品讲明铁之重要性。三编中的"释铁"便更深一层,实际等于将《格物入门》中"论铁"的全篇大意提要钩玄,涵括其中:

> 铁生矿中,初掘出时,杂有别质。以火镕之,则铁质流出,即为生铁。倾于器模中,铸成器物,质脆不受锤

---

[1] 丁韪良:《增订格物入门》卷六《化学》第四章之"论铁",北京:同文馆,1889年。
[2] 课六十八《说铁》,《新订蒙学课本》二编,第77页。

击,但能任重而已。

若取生铁,再以火炼之,其质即坚,锤击不断,是为熟铁。凡犁锸钉键等物,皆熟铁所为也。

若取熟铁,再用烈火镕炼,骤浸水中,使之速冷,即成钢铁。其质既能任重,又受锤击,锋利可割玻璃,故刀剑等器,皆以此为之。[1]

其文已对铁加以分类,且逐一告知其制造过程及性能。如与《蒙学课本》对照,可发现此二课实皆有所本,分别为初本的卷一第十三课与第五十课,朱树人只做了个别字句的改动与添加。

两种《蒙学课本》中的这两篇课文虽堪称简明,却仍无法令学生完全了解内情。比如"杂有别质"的铁矿石,"以火镕之",为何即能提纯。若照《格物入门》的讲法,固然详明,却也会让学生失去兴致。为此,朱树人有意安排了两课的篇幅,设计了父子参观生铁厂等情节。因见矿石、参观高炉产生疑问,父亲告诉儿子,"法取矿铁,杂以石炭投炉中,燎以大火,杂质或变为灰,或变为石,铁则成流质,而沉于炉底",以槽引出,入模中,冷却后,"是为生铁,可铸锅釜等物"。以下再依次问答熟铁制法、参观炼钢厂直至制造车轮、汽船的工厂,有关钢铁的知识与各种锻造工艺便尽可了然[2]。课文以父子间自然生发的对话与叙述取代了《格物入门》那些呆板的发问与回答,同样的知识已然生动活泼起来。

这种带有情节的会话,朱树人称之为"故事",声明其"远仿凭虚、亡是之体,近师西人用稗说体编小学书之例",在《新订蒙学课本》中占有相当的分量。以二编而

---

[1] 课四十八《释铁》,《新订蒙学课本》三编,第137—138页。
[2] 课四十九、五十《观铁政局记》,《新订蒙学课本》三编,第138—139页。

言，朱氏自我总结，称其"凡一百三十课"中，便有"故事六十课"[1]，数目几近一半。不言而喻，以讲故事的方式传达知识，当然比枯燥的解说更吸引人。而其另一功能，则在使难以理会的道理、法则，经由故事的叙述变得通俗易解。

最好的例子莫过于有关地球的知识。诸说之中，"地形如球"这个对于今人来说已为尽人皆知的常识，落在晚清，却还是需要大动脑筋、大费唇舌才能明了的新知。《蒙学课本》中有多篇课文涉及此话题，最早的一篇出自卷一第十五课：

人居地上，不可不知地形。古人云"天圆而地方"，其实不然。地浮于空气之中，形圆如球，其上下前后左右皆有山川人物。惟其体极大，故人不觉其圆也。

此外，单是卷一，第二十八、三十八、六十四等课亦有提及。如此反复言说，其意义不只在打破古代"天圆地方之说"，以之为"不可信"[2]，也是因为此乃天文、地理等诸种现代学科的根基。以故，晚清译介的西学读本也多留意于此。

1876年2月，傅兰雅在他主编的《格致汇编》创刊号上开始连载《格致略论》。其第一节"论万物之宽广"的第三则，便以实验的方式证说地为球形的道理：

人观地面，皆以为一大平原；若论为球形，多有不信者。大抵观地面而不觉为球形者，因地体极大，人目所能及者，为极小之一分。假如画一极大之圈，仅观此圈之一

---

1 《编辑大意》，《新订蒙学课本》二编。
2 第三十八课，《蒙学课本》卷一。

小分,则与直线相似,犹大球之一小分,与平面相似也。必观地面之大分,始能略知地为圆形也。试上高山,遥望海面之来船,必先见其桅旗;来船渐近,而渐见船身。远处不见船身者,因海面凸出,而阻目之直望也。

不只有儿童凭借日常观感即能明白的登山见海上来船的实例,随文还配置了比例精确的图标,将船体及其桅杆与旗帜在略微凸起的海面各个位置上的移动,与观看者视线何时交集的情景,表现得清清楚楚[1]。此说亦见于艾约瑟1882年编译、出版的《天文启蒙》。该书卷一第一课标题即为"论地形圆",文中同样引用了海面观船的例证,不过,在描述来船之状后,又添以去船:

  复有一说,船于是开往外行,始则不见船出水之他处,止见船艄,继则并船艄不见,第见船桅,后乃并船桅亦不见耳。

配合文字,也照样插入了大略相近的"海面视船式"图。后文更"取一橘借喻",以两只苍蝇在一橘子上相背爬行各自之所见以及最终的会合,并附图"蝇在橘面式"[2],仍在解明地球为圆形之义。而此喻之设,应该是考虑到内地居民并非人人皆可观海的局限。

  南洋公学所在的上海为港口城市,见海不难,故《蒙学课本》取譬时更接近《格致略论》。卷二假托父子对话

---

1 其实,以海船为例说明地为球形并非始于《格致略论》,据邹振环《晚清西方地理学在中国——以1815至1911年西方地理学译著的传播与影响为中心》(上海:上海古籍出版社,2000年)考述,由西方传教士所写、明末1593年刊行的《无极天主正教真传实录》中已见此据;嗣后尚有1816年于《察世俗每月统记传》刊出的《天文地理论》,1856年美国传教士祎理哲编译的《地球说略》(分见第19、66、87页)等,均以此为说。然其作或流传不广,或发刊于东南亚,或时代更早,在《蒙学课本》编写时段都非易得之书。
2 艾约瑟译:第一课《论地形圆》,《西学启蒙十六种》卷一《天文启蒙》。

的第二课《地球问答》,儿问父,"常闻人言,地浑圆而自旋","何以知其为浑圆也",父亲的回答正是:

> 汝殆以为平面乎?凡平面之物必有边。试问地之极边为何物耶?帆船自远而至,人在岸上望之,必先见其至高之帆,次见其较低者,最后始见船身。若地系平面,则不论远近,一见船,而全身毕显矣。[1]

只是这种父子问答还缺少情节性,尚不脱《格物入门》的套路。至朱树人编《新订蒙学课本》,以"故事"的方式重新组织结构,课文才变得趣味盎然:

> 某儿见室中小地球仪,问曰:"地形之圆若此球乎?"父曰:"然。"为解其理,儿卒不信。
>
> 一日父以远视镜,偕儿至海滨眺览,水天一色,辽阔无际,惟远见一物,有若桅顶者。父曰:"船且至矣。"有顷,即见若帆形者,父曰:"有他物蔽汝目者乎?"儿曰:"无之。"曰:"然则何以先见帆顶,次见帆乎?"儿不解。曰:"地之蔽耳。船所在之处,地形已湾,故帆与帆顶不能同时见也。"儿曰:"地何以有湾形?"父曰:"我尝语汝曰,地形圆为球,尔岂忘之乎?"儿恍然悟。父曰:"惟圆,故稍远即湾。见帆顶时,其帆与船身,犹在地下也。"[2]

此故事已增加了许多细节,问答不是一次完成,而是分为室内说理与海滨检验两部分,并且顾及抽象难明、具象易解,而前略后详;又新添了两种科学仪器,也都恰切地派

---

[1] 第二课《地球问答》,《蒙学课本》卷二。
[2] 课六十一《地球》,《新订蒙学课本》三编,第144—145页。

上了用场——地球仪的圆形引发问题，望远镜则可延长目力，使远物更为清晰地呈现。经过这番趣味十足的情节编排，地圆如球之义已可深印学童脑海，信为真理。

1904年，日后以"沈心工"之别号出名，人称"学堂乐歌之父"的沈庆鸿，出版了《学校唱歌集》初集。其中有《地球》一歌，首节词为：

南北东西大海边，远望来去船。去船何所见，船身先下水平线；来船何所见，水面先露旗杆尖。可知大地到处湾湾圆如橙子面，山高水低赤道膨胀两极扁。吾人环地行，宛似橙面蚁盘旋。[1]

以之与《新订蒙学课本》合观，不难明其出处。除改造《地球》一课，撮略为韵语，歌词显然又加进了朱树人自《天文启蒙》的蝇盘橘上改编而来的另一课文："两蚁在橘上，一左行，一右行，各向前直行。未几，右行者与左行者遇，同在一处。"[2] 以此看来，沈氏始终未曾忘怀从事《蒙学课本》编撰的一段经历，日后仍然努力以乐歌形式参与新知识的普及。

以朱树人、陈懋治、沈庆鸿这些经过严格中文考选的师范生之才力，撰写的课本文字胜过西人多多，自不在话下。诸多课文今日读来，仍觉饶有兴味。而其采集《格物入门》《格致略论》《西学启蒙十六种》中的各类科学知识，融会贯通，深入浅出，编写成为适合初学者的西学读本，也使得何嗣焜当初期望南洋公学学生"能够用规范的语言表达新思想"的理想真正得到了实现。

---

1 《地球》，录自《女子世界》第1期，1904年1月。其中"旗"原误作"棋"。
2 课五十一，《新订蒙学课本》初编下，第41页。

新地理观与"华夷"之变

虽然如前所言,《蒙学课本》与《新订蒙学课本》有前后相承的关系,不过二者仍有各自的关注点。其中对于"华夷"与"文明/野蛮"的反复申辩,即构成了《蒙学课本》的一大特色。而其所以成为省思的对象,实与地理观的更新密不可分。实际上,伴随着西学,尤其是现代天文学的传入,晚清国人对于世界的认识也发生了改观。而这一"地理大发现"的意义,就中国思想史的层面说,绝对不下于哥伦布发现新大陆。或许可以说,由自然科学知识的传播引发人文科学观念的转变,此为最生动的一例。

其实,正如近代学人王韬所言:"大地如球之说,始自有明,由利玛窦入中国,其说始创。"不过,同样也像王氏观察到的那样:"顾为畴人家言者,未尝悉信之也。"[1] 此话说得相当客气,更准确的说法应该是,由利玛窦带来中国的地圆之说,直至标志中国近代史开始的鸦片战争发生时,大多数国人仍不相信[2]。世界观的改变需要契机,晚清所经历的"三千年未有之变"正是这样的转折点。近代人走出国门、旅行海外,固然可以亲身验证,打破传统偏见;而西学大规模的输入,也预先为知识转型做好了充分铺垫。

对于晚清国人来说,要承认西方近代科学的合理性,首先必须打破的壁障是根深蒂固的中国中心观与"华夷之辨"。而其说的形成,与古代中国"天圆地方"的世界认知不无关系。既然"地方如棋局"[3],便有内外之别。王韬1883年出版的《弢园文录外编》,已专有《华夷辨》一文

---

1 王韬:《〈地球图〉跋》,《弢园文录外编》卷十(香港自刊本,1883年)。
2 参见郭双林:《西潮激荡下的晚清地理学》(北京:北京大学出版社,2000年)第五章。该书认为,"中国人彻底抛弃地方如棋局这一传统观念,是在鸦片战争之后"(第241页。)
3 房玄龄等:《天文志上·天体》,《晋书》卷十一,北京:中华书局,1974年,第279页。

讨论及此：

> 自世有内华外夷之说，人遂谓中国为"华"，而中国以外统谓之"夷"。此大谬不然者也。《禹贡》画九州岛，而九州岛之中，诸夷错处。周制设九服，而夷居其半。《春秋》之法，诸侯用夷礼则夷之，夷狄之进于中国则中国之。夷狄虽大，曰"子"。故吴、楚之地皆声名文物之所，而《春秋》统谓之"夷"。然则华夷之辨，其不在地之内外，而系于礼之有无也明矣。苟有礼也，夷可进为华；苟无礼也，华则变为夷。岂可沾沾自大，厚己以薄人哉？[1]

王韬以"礼"即文明而非以"地"即地理位置决定其国其人是否为夷狄的思路，在甲午战后得到了更多的响应。

其中，1896年8月于上海发刊的《时务报》，以及1898年3月7日在长沙创办的《湘报》，于此议题最为热衷。尤其是《时务报》，面世以来风头极健，连时任湖广总督的张之洞与两江总督的刘坤一等地方大员也纷纷发文，要求下属及学堂订购[2]。而南洋公学外院的招生广告，与诸如此类的新学书刊出版信息同时出现在上海各报，亦十分显眼。因此，推断《蒙学课本》在编纂过程中受到过《时务报》，甚至《湘报》的影响，并不算过分。

1897年，康有为弟子徐勤撰成《〈春秋〉中国夷狄辨》一书，引经据典，对"华夷之辨"从源头上做了清

---

1 王韬：《华夷辨》，收入氏著：《弢园文录外编》卷十。
2 见《鄂督张饬全省官销〈时务报〉札》《江督刘檄江宁、苏州、安徽、江西布政司饬属购〈时务〉〈农学〉报分给绅士札》，《时务报》第6、42册，1896年9月、1897年10月。又有浙江巡抚廖寿丰之《浙抚廖分派各府县〈时务报〉札》、湖南巡抚陈宝箴之《湘抚陈购〈时务报〉发给全省各书院札》、安徽巡抚邓华熙之《皖抚邓饬支应局购〈时务报〉发各州县书院札》等，分见《时务报》第18、25、37册，1897年2、5及8月。

算。其结论在梁启超所作序中有精粹的概括。梁序沿用了王韬的文明程度决定论,以之作为"华夷之别"的分野:"且《春秋》之号'彝狄'也,与后世特异:后世之号'彝狄',谓其地与其种族;《春秋》之号'彝狄',谓其政俗与其行事。"一如其师康有为假托孔子改制以行变法之实,徐、梁辨析"中国"与"彝狄",自然也并非纯粹的注经行为,而是有意借经典之言,应对现实中的中西文化冲突,为西学张目。故梁文始终以驳斥"攘夷"论为中心,其言曰:

然则《春秋》之"中国""彝狄",本无定名。其有彝狄之行者,虽中国也,腼然而彝狄矣;其无彝狄之行者,虽彝狄也,彬然而君子矣。然则藉曰"攘彝"焉云尔,其必攘其有彝狄之行者,而不得以其号为"中国"而恕之,号为"彝狄"而弃之,昭昭然矣。

比之王韬,梁启超已更进一步,不但认为"中国"与"夷狄"不可以绝对化,而且反对以假"中国"攘弃假"夷狄",实际等于肯定了西学自有其合法、正宗的地位。该序发表在1897年8月的《时务报》第三十六册上。以梁启超当时声誉之正隆,其言论效力本不容低估。

半年后,《时务报》又刊载了日后长期担任商务印书馆编译所所长的高凤谦之文《释彝》。高氏接续梁启超的话题,也肯定"中国而类乎彝狄,则彝狄之;彝狄而合乎中国,则中国之"的命题。不过,在梁氏那里尚有所遮掩,仍须假经典之口说出的意思,到高文已变得直截了当:

泰西各邦,中国所共鄙为彝者,然吾观其立政教民之法，何与吾圣人相类也！然则今之泰西，谓之外国可也，谓之彝狄不可也；弃其所短可也，并没其所长不可也。吾中国宜自知不足，借敌国外患为鉴。[1]

"夷狄"不仅不可"攘"，且与"吾圣人"之教"相类"。甚至"立政教民"这等关乎国家根本的大计，也应当以"泰西"为师。以此，"泰西各邦"非但不可"鄙"，更应尊视之。于是斟酌称谓，高凤谦也主张摒弃带有贬义的"夷狄"一词，而以与"中国"相对应的"外国"代之。这也是《时务报》一反"夷狄"的常用词形，在杂志中易为"彝狄"的原因[2]。

由辨析"夷狄"内涵为开端，对"中国"词义的反省与质疑也开始出现，而尤以《湘报》的讨论最为集中、大胆。1898年3月20日，维新人士在湖南长沙组织的"南学会"第五次开讲，谭嗣同上场，即先声夺人，以前次曾"讲明地圆的道理"入题："诸君既知地圆，便从此可破中外之见矣。""地圆"说因此成为其展开论述不容置疑的理据：

地既是圆的，试问何处是中？除非南北二极可以说中，然南北极又非人所能到之地。我国处地球北温带限内，何故自命为中国，而轻人为外国乎？然而此亦不可厚非也。中者，据我所处之地而言。我既处于此国，即不得不以此国为中，而外此国者即为外。然则在美、法、英、德、日、俄各国之人，亦必以其国为中，非其国即为外。

---

[1] 高凤谦：《释彝》，《时务报》第53册，1898年3月。
[2] 郭双林已注意到，梁启超为徐勤《〈春秋〉中国夷狄辨》一书所作序，"在《时务报》上发表时，其中的'夷'字全部被改成了'彝'"。并且，"当时《时务报》上发表的其他文章在提到'夷'字时，也都改为'彝'"。见郭双林：《西潮激荡下的晚清地理学》，第316—317页。

是"中""外"亦通共之词,不得援此以骄人也。

不仅"中国""夷狄"具有相对性,以"地为球形"而论,"中国"本身亦并非恒定不变。因此,建基于"地方"说之上的"以中国骄人"[1],在此尽显其为毫无道理的谬论。南学会会长、经学大家皮锡瑞之子皮嘉祐,在谭嗣同演说后的第二天,即将此意编入其撰写的《醒世歌》,用更为通俗的歌谣形式表述为:

若把地图来参详,中国并不在中央。地球本是浑圆物,谁是中央谁四旁?西洋英、俄、德、法、美,欧洲各国争雄起。纵然种族有不同,何必骂他是鬼子?[2]

此歌在当时引起的反弹[3],显示其造成的思想冲击力极大。

《蒙学课本》适于此时编纂,上述先进者的思想印记也清晰地留在了课文中。卷一第二十八与二十九课即以连续两篇文字发明其义:

我国古人既不知地形之圆,又见其时蛮夷戎狄皆在东南西北四边,故自名曰中国,以为我国居地之正中,其四边皆蛮夷戎狄也。其实地球之上,大国甚多,不皆蛮夷戎狄。且地形既圆,何国不可谓中耶?

---

1 《谭复生观察南学会第五次讲义》,《湘报》第 20 号,1898 年 3 月 29 日。演讲日期根据皮锡瑞《师伏堂未刊日记》确定,光绪廿四年二月廿八日(1898 年 3 月 20 日)记:"二点钟,登堂宣讲……复生(按:谭嗣同)、李一琴各说一遍。"《湖南历史资料》1958 年第 4 期,长沙:湖南人民出版社,1958 年 12 月,第 119 页。

2 皮嘉祐《醒世歌》,《湘报》第 27 号,1898 年 4 月 6 日。皮锡瑞《师伏堂未刊日记》光绪廿四年二月十九日(1898 年 3 月 21 日)有"灯下为吉儿改《醒世歌》,颇有趣"的记述。《湖南历史资料》1958 年第 4 期,第 120 页。

3 潘光哲《开创"世界知识"的公共空间:〈时务报〉译稿研究》(《史林》2006 年第 5 期),曾引叶德辉《与南学会皮鹿门孝廉书》中对《醒世歌》的驳论,以及皮锡瑞光绪廿四年三月十六日(1898 年 4 月 6 日)日记:"见本日'湘报','醒世歌'已刻上,人必诟病,但求唤醒梦梦,使桑梓之祸少纤耳。"《师伏堂未刊日记》,收《湖南历史资料》1959 年第 1 期,长沙:湖南人民出版社,1959 年 3 月,第 85 页。

> 凡无教化之国,谓之蛮夷戎狄。我国古时所见他国之民,其教化皆不如我国,因名之曰蛮夷戎狄。后人不知此义,见他国人,不问其教化如何,皆以蛮夷戎狄呼之,几若中国外,无一非蛮夷戎狄也,不亦误乎?

如此如响斯应,亦可为《蒙学课本》应该编成于1898年提供有力佐证。而从地形为圆出发,纠正"中国"的自大与偏执,既是灌输正确的地理知识,也是为主旨在补习西学的《蒙学课本》解决自身的认同问题。

有关课文基本是从两个方向展开:一为借新宇宙-地理观破"中国中心"论:

> 人皆知地球之大,不知天空之中圆如地球者,大小以万计,行星、恒星等皆是也。地球虽大,在天空中仅如一小粒耳。地球之面,四分之三为水,四分之一为陆。陆地分五大洲,亚细亚洲其一也。亚细亚洲大小国以十数,中国其一也。[1]

一向自豪为"泱泱大国"的中国,即使就其在全球的位置而言,亦不过是四分之一陆地上的五洲中之一洲的十数国之一国。设若放置在宇宙空间来衡量,其微末更不足道。如此看待中国,并不意味着自轻自贱,丧失民族尊严,而是要打破国人坐井观天、固步自封的心态,强调天外有天,从而以开放的胸怀迎接西学。用课文中的话表述即是:

> 中国者,自吾之祖宗以至吾身及吾之子孙,皆生于

---

[1] 第六十四课,《蒙学课本》卷一。

斯、长于斯、老于斯,所谓"父母之邦"也,其可不敬爱之乎?然亦非大言不惭、藐视外国,即谓之敬爱其本国也。唯当思中国而强,即吾等之荣;中国而弱,即吾等之辱。[1]

而在当年,能令中国转弱为强者在彼不在此。因此,爱国不应成为排外的理由。

承上而来的另一理路则是以"教化"即文明程度破"华夷之辨"。《蒙学课本》的编者已经认识到,西方各国的教育程度高于中国,是其国强盛的根本原因:

> 凡有教化之国,其民必读书识字。教化愈盛,则读书识字之人愈多,而国愈强。今日英、法、德、美诸国,其国中读书识字之人较我国多数倍,故诸国强而我国弱,此读书之所以为要事也。不独男子宜读书,即妇女亦宜读书,然后能以所知教其儿女。不独士宜读书,即农工商亦必读书,然后能用新法以兴其业也。[2]

此说不仅意在强调"以教育立国"的重要性,尤在揭示向来被国人鄙为"夷狄"的泰西远人,其教化水平实高于现时的华夏古国中国。这也是高凤谦惊叹为"何与吾圣人相类也"的原由。

其实,接下来的一个更痛苦的追问是:如以文明高下为夷、夏之分野,中国究应如何定位?此前的论者还是站在华夏的立场上,最多说到不应以"攘夷"为借口,不应"没其所长",不应"骄人",应"自知不足",借鉴"敌国外患"。而在《蒙学课本》中,编者显然已转换视角,

---

[1] 第七十二课,《蒙学课本》卷一。
[2] 第五十一课,《蒙学课本》卷一。

接纳西人对于中国的评价。其论"地球各国可依其教化之优劣分为四等",即"野番国""游牧国""半化国"与"全化国"。前二者不必复述,其对于后两者的分说如下:

> 半化国者,其国颇有教化政治,其民知耕田,识工艺,然法尚粗拙,其风俗有惨酷者,今亚细亚之波斯、土耳其及阿非利加之数国是也。全化国者,其民技艺精良,心思明达,愚民渐少,惨俗尽革,今欧罗巴之英、法、德诸国及阿美利加之合众国是也。

不再采用"华/夷"对峙的传统话语模式,而是借用西方"文明/野蛮"相对的概念来论说,英、法、德、美即成为文明国家(全化国)的最高境界。在此架构下反观中国,编者也有了直面的勇气:

> 我中国开化之早,甲于各国,而至今西人犹目我为半化国。此固不必深辨,亦唯自勉而已。[1]

承认落后、文明程度欠缺尽管痛苦,正视现实却是"变法自强"得以开始的动力。尽管以今日的观点,西方文明并不能作为"放之四海而皆准"的唯一标准,不过,就破除中国旧有的"夷夏大防"而言,衡量尺度的改变总还有其历史必要性。

当然,回顾历史,"地圆无中"并非谭嗣同或皮嘉祐的新见,早在明末,意大利传教士艾儒略(Jules Aleni, 1582—1649)撰译的《职方外纪》已有言在先:"地既圆形,则无处非中。所谓东西南北之分,不过就人所居立

---

[1] 第一百二十二课,《蒙学课本》卷一。

名,初无定准。"西方作者虽然是在讲述地理常识,其时的中国听者却也有能心领神会,与"华夷之辨"合并思考者。如作《〈职方外纪〉小言》的瞿式耜即宣称:"中国居亚细亚十之一,亚细亚又居天下五之一,则自赤县神州而外,如赤县神州者且十其九。而戋戋持此一方,胥天下而尽斥为蛮貊,得无纷井蛙之诮乎?"[1] 不过,这种声音自明历清,一直相当微弱与边缘。直到王韬、梁启超、谭嗣同等维新派人士相继倡言,此说才有成为一时公论的可能。就中,《蒙学课本》将其编入教材,使之成为普通常识,对于从教育入手,改变国人的传统认知,也切实发挥了效用。这也是1901年出版的《新订蒙学课本》无须再就此话题申说的原因——"华夷之辨"已然成为时过境迁的陈言谬论。而近代思想演进的速率之快,于此也可见一斑。

从蒙养到德育

南洋公学外院创办时,尽管关于教学预先也有大致设想,如依据程度分为四班后,"三、四班生只课中学,俟文理通顺,挑入一、二班,始课浅近西学"[2]。不过,直到1898年7月《南洋公学章程》修订时,学校仍声明:"公学课程参酌东西之法,惟其中层累曲折之利弊,必历试而后能周匝。师范院、外院课程,一年之内已屡有更定,应由总理与华洋教习逐细再加考核,厘为定式。"[3] 如此,《蒙学课本》之并非单一的国文教材,而兼有多种功能,也算是事出有因。并且,即使1901年设立高等小学堂,

---

1 艾儒略:《职方外纪首·五大洲总图界度解》、瞿式耜:《〈职方外纪〉小言》,收艾儒略著、谢方校释:《职方外纪校释》,北京:中华书局,1996年,第27、29页。另见邹振环:《晚清西方地理学在中国》,第26、44页。
2 《南洋师范学堂招考外院生规条》,《新闻报》,1897年8月29日。
3 《南洋公学章程》(光绪二十四年六月十二日),《交通大学校史资料选编》第一卷,第36页。

对于课程已有具体的规划[1]，但以教授国文为主的《新订蒙学课本》，在内容的编排上仍然会与其他科目相关照。此无他，文字本来就是知识的载体，因此语文课教授的识字作文并非教学的全部目标。

正是由于国文课能够有最大的包容量，与其他科目的学习紧密关联，朱树人在编写《新订蒙学课本》时，才会产生将教育所授之学全部包揽其中的想法。在他看来：

泰西教育之学，其旨万端，而以德育、智育、体育为三大纲。德育者，修身之事也；智育者，致知格物之事也；体育者，卫生之事也。蒙养之道，于斯为备。

尽管其对于"体育"的理解与今日不同，但以德、智、体三分来概括教育学，显然已得时代先声[2]。据此纲领编排课文，其各自的比重为：二编一百三十课中，"故事课六十，属德育者三十，属智育者十五，属体育者十五"，另有"物名实字三十课，浅说琐记三十课，通用便函十课"[3]；三编一百三十（一百二十八）课中，"属德育者四十，属智育者七十（六十八），属体育者十，复附尺牍十课"[4]。不难看出，其中智育为最大宗，德育虽次之，但亦相当可观。

就来源而言，智育、体育以西学知识为主，最符合新教育的宗旨，故朱树人以为不必辨析。唯一让他踌躇的是

---

1 《南洋公学高等小学堂章程》中所列三年的科目有：读经、修身、国文、笔算、珠算、算术、商业簿记、历史、地理、理科、习字、图画、体操、乐歌、手工、英文。同一科目，逐年有不同的学习内容，如理科，第一年教"自然物现象"，第二年教"生理"，第三年教"简易理化"。见《交通大学校史资料选编》第一卷，第53页。《新订蒙学课本》分为三编，显然对应着三个年度的国文课。
2 1901年《蒙学课本》第三次排印时，出版广告中也已宣称其"以德育、智育、体育为纲略"。见《南洋公学师范院编译图籍广告》，《统合新教法》卷末附。
3 《编辑大意》，《新订蒙学课本》二编。
4 《编辑大意》，《新订蒙学课本》三编。括号中数字为岳麓书社版本所有。

德育:"中土之所固有者,惟德育一门而已。"这是因为中国传统蒙学虽以识字为先,伦常教育却是一以贯之。《礼记·学记》有言:"比年入学,中年考校。一年视离经辨志,三年视敬业乐群,五年视博习亲师,七年视论学取友,谓之小成。九年知类通达,强立而不反,谓之大成。"在人生学习的各个阶段,道德教化都被置于最高的位置,相关蒙学读本也因此数量极多。只是,朱氏以近代的眼光打量,已觉其多不适用:

然载籍所传,或高远难行,或简淡乏味。如《二十四孝》之类,半涉迂诞,尤不足以为教,故概不登录。

中学传统中既无相应的资源,朱树人于是仍将目光投向西方。所谓"凡所捃拾,大半译自西书,略加点窜,间有出自臆撰者"[1],表明其德育课文也力求与新学接轨。

应该说,这一意图并非为朱树人所独有,早在《蒙学课本》中已肇其端。该书编者虽无宣言,但卷一一百三十课中,涉及古人的事迹,除孔子外,也仅有东汉薛包、唐代李绩与北宋司马光三人而已。有趣的是,三个故事均与忠孝无关,而只述兄弟姊妹之爱。其中薛、李的故事亦为《新订蒙学课本》采录,前者改编自《后汉书》,后者取材于《大唐新语》,文曰:

薛包好学笃行,父母死,居丧尽哀。诸弟求分财异居,包不能止,乃听之。奴婢取其老者,曰:"与我共事久,若不能使也。"田庐取其荒顿者,曰:"我少时所理,意所恋也。"器物取其朽败者,曰:"我素所服用,身口所

---

1 《编辑大意》,《新订蒙学课本》二编。

安也。"诸弟数破产,包辄周给之。

唐英公李绩,贵为仆射,其姊病,亲为煮粥,火焚其须。姊曰:"仆婢多矣,何为自苦如此?"绩曰:"岂为无人耶?顾姊已老,而绩亦老,虽欲常为姊煮粥,岂可得乎?"[1]

此篇课文放置在《友爱说》后,显然是以二人为"一家之中,父母而外,最亲者莫若兄弟姊妹"[2]之说教的示范。

虽然从故事课的角度,或许可以说在"孝""悌"之间,《蒙学课本》更偏向后者;但这并不表示编者于孝敬父母上有所看轻。其实早在卷一第二十四课已有教导:"人生时,饥不能自食,寒不能自衣,有语不能言,欲出不能行。思之思之,此时若无父母,将如之何?若年长而忘父母之恩,在家既不知孝敬,在塾又不知勤学以悦其心,于心忍乎?"当然,这还可以看作前面励学诸课的另一种说法。而第五十七课录司马光语,教导为人子者如何对待父母之命,所言便纯属孝道:"速行""返命"之外,即使"所命有不可行",也要"和色柔声,备陈此事之是非利害,待父母之许,然后改之;若不许,苟于事无大害者,亦当曲从"。最不可取者,乃"以父母之命为非而直行己志",如此,"虽所见皆是,有〔犹〕为不顺之子"。也即是说,在是非与孝逆对决时,编者还是以孝顺为最高准则。而原出司马光《居家杂仪》,直接采自朱熹《小学》[3]的这篇课

---

1 课二十《薛包 李绩》,《新订蒙学课本》三编,第120页。本事见《后汉书》卷三十九与《大唐新语》卷六。另,此二则连同司马光的兄弟友爱故事,也均为朱熹《小学》所收,见《朱子全书》第13册,上海:上海古籍出版社;合肥:安徽教育出版社,2002年,第462、473页;惟文字略有出入。
2 课十九《友爱说》,《新订蒙学课本》三编,第119页。
3 朱熹《小学》卷七原文为:"司马温公曰:……凡子受父母之命,必籍记而佩之,时省而速行之,事毕则返命焉。或所命有不可行者,则和色柔声,具是非利害而白之,待父母之许,然后改之。若不许,苟于事无大害者,必当曲从。若以父母之命为非而直行己志,虽所执皆是,犹为不顺之子,况未必是乎!"见《朱子全书》第13册,第440页。《蒙学课本》所录略有改易。

文,在《新订蒙学课本》中到底还是舍弃了。试想,如此尖锐的冲突,即使是成人,无论做出何等反应都很为难,何况要儿童来判断。

不过,删除此课也不意味着朱树人放弃孝思,其至前文所引二编《编辑大意》对《二十四孝》的批判,也只与学科程度有关。学级升高到第三年,国文程度加深,朱氏的选文范围便发生松动。尽管其解释为:"前编德育一门,不录中土流传故事,限于文体故也。"但开放之后,原先的准则其实并未完全放弃,故特意表白:"是编间参一二,仍以平正无弊为主。"[1] 上引薛包、李绩的友爱故事,即在此一背景下进入。更有甚者,出自《二十四孝》的老莱子的"戏彩娱亲"与江革的"行佣供母",也被采编成为《孝行》[2] 一课,纳入《新订蒙学课本》三编中。显然,在编者眼中,这些行孝方式与郭巨"埋儿奉母"之残忍,吴猛"恣蚊饱血"之迂腐,孟宗"哭竹生笋"之荒诞均"不足以为教"不同,尚属"平正无弊"者,故可作为《述父母之恩》与《爱亲说》的范例,取为教材。

其实,更多的情况是,两种《蒙学课本》对传统资源的运用,往往都经过了消化或转化。即如在其中也占有一席之地的传统童蒙读本中的修身格训,虽然为数稀少,如何选择,怎样改造,却也颇为讲究。以《蒙学课本》卷一第三十六课为例:

凡喧哄争斗之处不可近。凡饮食必轻嚼缓咽,不可闻饮食之声。凡开门揭帘须徐徐轻手,勿令震动声响。凡众坐必敛身,勿多占坐席。凡饮酒不可令至醉。凡如厕必去外衣,出必盥手。凡危险不可近。凡夜行必以灯烛,无烛

---

[1]《编辑大意》,《新订蒙学课本》三编。
[2] 课八《孝行》,《新订蒙学课本》三编,第112页。

则止。

所有各条都采自朱熹《童蒙须知》之《杂细事宜》。不过，原先在尊长面前的谨言慎行，至此或变成普遍适用的行为规范，或以为无谓，弃之不取[1]。进至《新订蒙学课本》，除删去"凡饮酒"以下诸则，又依据西方礼仪，增加若干条，特别是：

> 凡他人器皿，未经告知，不可擅动；他人信札，尤不得任意拆阅。凡公用器具，最宜爱惜。公花园内之花木，不得攀折。[2]

其中既有对于个人隐私的保护，更重要的则是公德意识的加入。正如梁启超所说："吾中国道德之发达，不可谓不早。虽然，偏于私德，而公德殆阙如。"[3] 由此可见，朱树人所谓"德育"的内涵已超出传统的个人修身范围，而与现代公民的道德要求更为接近。特别是朱氏在梁启超发表《新民说·论公德》之前，对此已有提示，其"德育"之直接承接西学脉络而非纯粹中土原产，也可以看得相当清楚。

据此，有前后相承关系的两部《蒙学课本》，在德育的观念上实非全然一致，而展现出渐进的轨迹。特别是被列于"五伦"之首的君臣关系所要求的"忠"，《蒙学课

---

1 如《童蒙须知·杂细事宜第五》中"饮食"一条的原文为："凡饮食于长上之前，必轻嚼缓咽，不可闻饮食之声。"不取者如："凡出外及归，必于长上前作揖，虽暂出亦然。""凡侍长上出行，必居路之右，住必居左。"《朱子全书》第13册，第375页。
2 课二十八《检身杂语一》，《新订蒙学课本》三编，第125页。参见同书课二十九《检身杂语二》，第125—126页。
3 中国之新民（梁启超）：《新民说》第五节"论公德"，《新民丛报》第3号，1902年3月。

本》虽已将其淡化，却仍在表彰"爱国"时将二者并置而未加区分："我中国自古为礼义之邦，史册所载忠君爱国之人尤不可胜数。"[1]《新订蒙学课本》则已完全做了切割，通篇不见"忠君"，只言"爱国"：

> 我身及我之父母祖宗，所生所居之地曰本国，本国之人曰国民。兴盛之家，外人不敢侮其子弟；兴盛之国，外国不敢侮其国民。故国而强，国民之荣也；国而弱，国民之耻也。尔辈虽年幼，非皆中国之国民乎？既为其民，即当爱之。爱之欲其强，不欲其弱矣。[2]

此课即名为"爱本国说"。与前文引录的《蒙学课本》所言"中国者，自吾之祖宗以至吾身及吾之子孙，皆生于斯、长于斯、老于斯，所谓'父母之邦'也，其可不敬爱之乎"相比，《爱本国说》已有明确的国家观念与国民意识。

而在此前后，从日本传入的国家主义也正在思想界涌动。1899年，梁启超撰写了《爱国说》，针对西人批评中国人"无爱国之性质"，溯源于历史，认为我"四万万同胞，自数千年来，同处于一小天下之中，未尝与平等之国相遇"，故国家观念无从发生。这一状况在万国竞争的时代亟需改变，入手处便应从改变"以国为君相之国，其事其权，其荣其耻，皆视为度外之事"始。而"以国为己之国"要求的正是"爱本国"："吾国则爱之，他人之国，则不爱矣。""人苟以国为吾国，则爱之之心必生，虽欲强制而亦不能也。"[3] 1902年，梁氏又有《新史学》之著，将

---

[1] 第一百七课，《蒙学课本》卷一。
[2] 课九十八《爱本国说》，《新订蒙学课本》三编，第166页。
[3] 哀时客（梁启超）：《爱国论》，《清议报》第6、7册，1899年2、3月。

"国家"与"朝廷"做了明晰区分。其批评旧史学不能成为"国民之明镜,爱国心之源泉",第一条罪状即"知有朝廷而不知有国家"。因此,"吾中国国家思想,至今不能兴起",在梁启超看来,旧史家亦不能辞其咎[1]。将两部《蒙学课本》放置在这一思想史脉络中,其观念演化实与之声息相通。

与此相关的另一概念是"国耻"。儒家言"耻",可以孔子的"行己有耻"(《论语·子路》)为代表,主要集中关注个人的道德操守。尽管后世也有李白的"国耻未雪,何由成名"(《独漉篇》)、岳飞的"靖康耻,犹未雪"(《满江红》)一类的叹恨,君上蒙尘与中原沦丧,士夫亦引为大耻。不过,这些建基在"君臣之道"与"华夷之辨"上的耻辱感,距现代国家观念引入后的"国耻"意涵仍有一间之隔。而《蒙学课本》对"耻"特别关注,反复言之,且由个体而推及国家,则带有明显的时代印记。

卷一第二十七课称"天下有可耻者三",乃"无品可耻""无志可耻"与"无学可耻"。结论是:"知耻者为君子,不知耻者为小人。故孟子曰:人不可以无耻。"第四十五课又从"教化"的角度强调"人所最重者耻也":"故耻者,从善去恶之关也。圣人教人与小人转为君子,皆从耻始。人一无耻,即如病者闭喉,虽有神丹,不得入腹矣。"所注重者仍在个人的道德修为。而由中国的书写、造纸、印刷术之先进,"得书之易如此,而读书识字者尚不及他国之多",引发的"可耻"之感[2],则已将"无学之耻"提升到"国耻"的高度。第三十九课又以国耻激励国人的合群观:

---

1 中国之新民(梁启超):《新史学》第一章"中国之旧史学",《新民丛报》第1号,1902年2月。
2 第三十二课,《蒙学课本》卷一。

一家之中，父子兄弟不相爱，则外人侮之，而家必败；一国之中，彼此不相爱，则外国侮之，而国必亡。……吾愿一家一国之人，忘家内国内之小怨，而以受外人之侮为大耻，则家盛而国安矣。

此则在《新订蒙学课本》中经过改写，加强了"凡我国民，宜忘一国之私怨，而以受外侮为大耻"，以及"如有倚恃外人，欺凌同国之民者，则不得复谓之人矣"[1] 的同仇敌忾意识，故命名为"国民相爱说"，亦十分得当。

而《蒙学课本》中与时事最相契合者乃是卷一的第一百九课。甲午战败后，"天朝上国"中国不敌"蕞尔岛夷"日本的事实令国人深受刺激，一时变法图强的呼声大起，国耻意识亦空前高涨。1897年，满人寿富创办了"知耻学会"，其关于立会缘起的说明也尽在国耻上做文章。从"英人""狡焉思逞，构衅粤东"，"我中国输巨款，割香港，订五口通商之约"的鸦片战争起，历数英法联军"长驱直入，惊我乘舆，焚我郊甸，我中国输纳金帛，伏首请和"，"于是俄人据伊犁要我丁西徼矣，未几而日人取我之琉球，未几而法人取我之越南，未几而英人取我之缅甸"，直到"甲午之役，失高丽，割台湾，偿兵费至两万万，中国之耻，至斯亟矣"。寿富于是椎心泣血，痛切倡言："呜呼！此谁之耻哉？吾以为此非独吾君相之耻，此我中国四万万人之公耻也。"[2] "知耻近乎勇"（《礼记·中庸》），普及"公耻"即"国耻"观念，显然是期望"知耻"之义能够成为救国的起点。也正是在此意义上，梁启超不但于《时务报》撰文与之应和，而且大力肯定此会"实中国自

---

[1] 课一百《国民相爱说》，《新订蒙学课本》三编，第167页。
[2] 寿富：《知耻学会后叙》，《时务报》第40册，1897年9月。

强之本务也"[1]。

反观在《新订蒙学课本》中被题为《国耻说》的《蒙学课本》卷一第一百九课,编者也正抱着与寿富、梁启超同样的深忧巨痛:

> 我中国自道光以来,受东西各国之侮辱可谓极矣。琉球、越南,我属国也,而为所灭。即如各处租界,如上海者,名虽为租,实与割地何异。近则日本取我台湾,德据我胶澳,俄据我旅顺。中国之地几何,而东西强国以数十计,呜呼,危矣!夫中国之耻,即我辈之耻,思之能无愤恨!尔等年虽幼,然皆后日为中国报仇雪耻之人也。如既无品行,又何〔无〕才学,其何以报仇而雪耻?

仍然是刻意强调国耻为公耻,即每个国民的耻辱;而身为学生,雪耻的途径又以发奋读书为首务,激发国耻至此也成为敦品励学的动力。至于篇末所言"人人能以此为心,则国强矣"[2],亦表达出与寿富及梁启超同样的热切期盼。

总之,无论是言孝言悌,说忠说耻,两种《蒙学课本》已与传统的蒙养读本有了本质的差别。二书于德育的细节上虽小有出入,但以新道德为主导的取向已十分明确。在此前提下,与之相合的传统资源可以纳入或加以改造,否则即摒弃不录。而诸如公德、爱国、国耻一类理念的阐发,不只对新道德观的建构意义重大,更与塑造现代国民的基本品格密切相关。因此,大而言之,包容了各类新学知识的两种《蒙学课本》,也有足够的资格成为其时的国民常识读本。这正是1898年戊戌变法失败后开始编

---

[1] 梁启超:《知耻学会叙》,《时务报》第40册。
[2] 《新订蒙学课本》三编课百八《国耻说》文字与之稍异。

辑的《通学斋丛书》,意在及时提供各种有用的新知识,而将初本《蒙学课本》卷一选中纳入[1]的缘故。脱离了课堂限制的《蒙学课本》,才真正成为了大众的启蒙读物。

2008年12月3日于京西圆明园花园
(原载《清华大学学报》2009年第4期)

---

[1] 邹凌沅辑《通学斋丛书》所收《蒙学课本》,卷上录自南洋公学的初本《蒙学课本》卷一,卷下采自无锡三等公学堂的《蒙学读本全书》五编。原书未注出版时间,据邹氏致汪康年书(戊戌十二月廿四日收到)中言,"近日思得一以书代报之法,仿《格致汇编》及《中西闻见录》体例,每月出书三册,十日一册,现已出书三期"。见《汪康年师友书札(三)》,上海:上海古籍出版社,1987年,第2820页。可知《通学斋丛书》辑录的五十二种书,乃自1898年12月以后陆续刊行。

晚清白话文与启蒙读物

从"尚友录"到"名人传略"

——晚清世界人名辞典研究

晚清的"西学东渐",不只为中国带来了具体的学科知识,连同汇总各门知识的工具书,也发生了由类书向辞典/百科全书的转化。考察西方辞典的编纂方法及内容如何与中国传统的类书体式融合,以至最终改变了近代中国知识体系的建构,是一个饶有趣味的话题。本文仅以晚清世界人名辞典的编辑、翻译为例,以求尝鼎一脔。

从《万姓统谱》到《尚友录》

谱牒之学在中国起源甚早,起码司马迁写作《史记》时,便有"余读谍记""太史公读《春秋历谱谍》"[1]一类记述。在古代中国,谱牒因载录家族世系的源流、家族成员的事迹,而具有了分别门第高下的功能,曾经成为通婚、品人、仕宦的依据[2],也曾经作为新士族确立社会身份地位的权力斗争工具[3]。由官修簿状繁衍而生的姓氏学,既与谱牒学密不可分,也与其同荣共衰。经历了唐末五代

---

[1] 司马迁:《三代世表》《十二诸侯年表》,《史记》卷十三、卷十四,北京:中华书局,1975年,第488、509页。

[2] 郑樵《氏族略·氏族序》曰:"自隋唐而上,官有簿状,家有谱系。官之选举,必由于簿状;家之婚姻,必由于谱系。"郑樵:《通志略》,上海:上海古籍出版社,1990年,第1页。

[3] 《新唐书·高俭传》载:"初,太宗尝以山东士人尚阀阅,后虽衰,子孙犹负世望,嫁娶必多取赀,故人谓之卖昏。由是诏士廉(按:高俭,字士廉)与韦挺、岑文本、令狐德棻责天下谱牒,参考史传,检正真伪,进忠贤,退悖恶,先宗室,后外戚,退新门,进旧望,右膏粱,左寒畯,合二百九十三姓,千六百五十一家,为九等,号曰《氏族志》,而崔幹仍居第一。帝曰:'我于崔、卢、李、郑无嫌,顾其世衰,不复冠冕,犹恃旧地以取赀,不肖子偃然自高,贩鬻松槚,不解人间何为贵之?齐据河北,梁、陈在江南,虽有人物,偏方下国,无可贵者,故以崔、卢、王、谢为重。今谋士劳臣以忠孝学艺从我定天下者,何容纳货旧门,向声背实,买昏为荣耶?太上有立德,其次有立功,其次有立言,其次有爵为公、卿、大夫,世世不绝,此谓之门户。今皆反是,岂不惑邪?朕以今日冠冕为等级高下。'遂以崔幹为第三姓,班其书天下。"欧阳修、宋祁:《新唐书》卷九十五,北京:中华书局,1975年,第3841页。

的世族谱系散乱，宋、元，尤其是入明以后，重修家谱与考辨姓氏逐渐蔚然成风。

除了宋明理学注重家族制度的完善对于修谱有强大的影响之外，按照《四库全书总目》的说法，宋代以后姓氏学的兴盛还另有文学方面的因缘：

> 迨乎南宋，启札盛行，骈偶之文，务切姓氏。于是《锦绣万花谷》《合璧事类》各有"类姓"一门，元人《排韵氏族大全》而下，作者弥众。

与唐前谱牒"不过明世系、辨流品而已"不同，南宋后诸书"每姓俱引史传人物，摘叙大略"[1]的做法，无疑更具有另辟新局的意义。由于将氏族谱与姓氏书合一，《氏族大全》因而超越了辨析家族谱系的狭隘用途，而具备了类书汇集古今文献，便于查考应用的基本品格。

明代姓氏书中，流传颇广且前后相继者，可举出凌迪知的《万姓统谱》与廖用贤的《尚友录》二书。凌著刊行于万历年间（1573—1620）[2]，后收入《四库全书》；廖作刻印于天启年间（1621—1627）[3]，亦为《四库全书存目丛书》采及。尽管清代学者张澍厉斥《万姓统谱》"最秕谬，直目不视书者所为"[4]，然而《四库全书》将其采入仍自有道理。所谓"合诸家之书勒为一帙者，则迪知此编称贱备焉"，故《万姓统谱》之"庞杂抵牾""音译失真"等病，相对于该书的"搜罗既广，足备考订"，也可以被

---

1 永瑢等：《万姓统谱》《排韵增广事类氏族大全》提要，收《四库全书总目》子部·类书类二，北京：中华书局，1981年，第1154、1153页。
2 今存万历七年（1579）刊本。
3 廖用贤《〈尚友录〉自叙》作于万历四十五年（1617），商周祚《〈尚友录〉序》则为天启元年（1621）所撰。
4 张澍：《万姓统谱》，见《古今姓氏书目考证》，燕京大学图书馆抄本。

忽略。"世俗颇行用之，亦未可尽废也"[1]，正是此书应有的运命。至于被《四库全书》编纂者批评为"诸所纪载，详略失宜，无所考证，盖亦为应俗作也"[2]的《尚友录》，虽未能跻身《四库全书》，在民间倒确有更为广大的市场。该书的不断续补与题名的一再袭用，便说明了其影响之久远。而《尚友录》的纂辑原与《万姓统谱》一脉相承，为正本清源，也须从凌书说起。

对《万姓统谱》的命名，凌迪知曾做过如下解释："夫天下，家积也。谱可联家矣，则联天下为一家者，盍以天下之姓谱之？"如此合万姓于一谱的"天下一家"思路，落到实处，仍与撰修一家一姓之谱者心思无二，凌氏即自承，其用意在使"观吾之姓谱者，孝弟之心，或亦可以油然而生矣"[3]。这一由爱家推至爱国的著述深意能否获得世人的了悟，不好断言，但其在编纂体例上颇为用心，则值得单独一表。

为区别于以往姓谱各书，彰显自家特色，凌迪知在《凡例》中开宗明义，即有分说。此节文字虽然略长，不过因对了解姓氏学著述源流颇有帮助，故大段抄录如下：

姓氏一书，旧不下数十种。有论地望者，有论国氏者，有论声者，有论字者，有仿姓书编者。夫论地望，如《世本·王侯大夫谱》《姓氏英贤录》是也，乃以贵贱为主；然贵贱无常，安得专主地望？论国氏者，如《氏族要状》《通志·氏族》是也，乃以本源受氏为主；然乏世系者复列以韵，则混淆无辨，徒乱耳目。论声者，乃以四声

1　永瑢等：《四库全书总目·万姓统谱》。
2　永瑢等：《尚友录》提要，收《四库全书总目》，子部·类书类存目二，第1175页。
3　凌迪知：《〈万姓统谱〉自序》，《万姓统谱》，收《景印文渊阁四库全书》子部（956—957册）·类书类，台北：台湾商务印书馆，1983年。

为主，如《姓氏韵略》《姓源珠玑》是也；然平仄不调，东冬不别，以梁惠王为梁，以齐宣王为齐，则舛缪可鄙，何取于姓也！论字者，乃以偏傍为主，如《仙源类谱》《姓氏秘略》是也；然拘于点画，不论其理，但可为字书，于姓氏无与也。有仿姓书编者，如《合璧事类》《尚古类氏》《翰墨全书》是也，然数止四百二十二家，族系未广；而《千姓编》一卷，又工于组织，搜罗未备。且诸书皆止述先朝，未及昭代，非为全书也。

鉴于上述诸书重郡望、考姓氏、编排不当、收录不广，《万姓统谱》于是以"远自上古，近迄昭代，凡系姓氏，罔不萃聚"自期。而在结构全书时，一则"以四声韵为纲，以东冬支微为目"，使"海内古今之姓"，"以次备载"；一则纂纪"人物历履"，"采于二十一史列传，及《通志》、《统志》、郡邑志等书"，分系各姓之下[1]。经过这样的纵横交织，该书也一如《四库全书总目》所评，"名为姓谱，实则合谱牒、传记而共成一类事之书也"[2]。

与凌迪知相同，廖用贤在编辑《尚友录》时，也照例对包括《万姓统谱》在内的前人著作有一番挑剔。他认为："若《世说新语》，虽曰精详，而下士咸苦其散见；如《万姓统谱》，固云该博，而有识或病其滥收。《氏族》《姓源》，事实中多不核；《广舆》《一统》，人物原非特编。"不过，批评之后，廖氏倒还是老实承认，己作是"爰取诸家，参以臆见"[3]。具体说来即是：

《尚友录》一如《万姓统谱》，所编分列各韵之下；其

---

1 凌迪知：《〈万姓统谱〉凡例》。
2 永瑢等：《四库全书总目・万姓统谱》。
3 廖用贤：《〈尚友录〉自叙》，《尚友录》（影印明天启刻本），收《四库全书存目丛书》子部（218册）・类书类，济南：齐鲁书社，1995年。

事实则《世说新语》《初潭集》《氏族大全》《姓源珠玑》《一统志》《广舆记》《高士传》《圣门人物志》《百将传》《列仙传》十收其九,间取《纲目》、《通鉴》、子、史诸书,以补其遗。[1]

显而易见,其"韵为纲,姓为目"、"以历代名人履贯事迹案次时代,分隶各姓下"的做法,均袭自《万姓统谱》。廖用贤的功夫主要还是如其所说,用在了"繁者删,漏者补"[2]上。

尽管在编纂体例上,《尚友录》对《万姓统谱》只有袭用而无改进,但其在后世的流行反更胜于凌书。除了将一百四十六卷的巨著删繁就简为二十二卷,从而更方便使用外,书名的取义恰当,无疑是其营销甚广最重要的原因。虽然凌迪知著述时也标榜:"姓谱之书虽以纪姓,然因姓而考其人,必言可为法、行可为则、声施当时、垂名后世者,始可入录。"[3]只是,其书到底不如廖用贤直接以孟子"尚友"之说——"以友天下之善士为未足,又尚论古之人"(《孟子·万章下》)——命名其书,意思更为显豁。难怪商周祚为廖书作序要盛赞:

予最善其以《世说》《统谱》诸书,百千年来,第资博者谭柄;一更"尚友"名,顿令人获身心益也。拔赵帜,立汉帜,是淮阴将兵最妙着。[4]

于此亦不难明白,为何在清代民间重修家谱的热潮中,《尚友录》能够独占鳌头,大受青睐。在普通人家世系不

---

[1] 廖用贤:《〈尚友录〉凡例》。
[2] 廖用贤:《〈尚友录〉自叙》;永瑢等:《四库全书总目·万姓统谱》。
[3] 凌迪知:《〈万姓统谱〉凡例》。
[4] 商周祚:《〈尚友录〉序》。

清的情况下，新谱修纂者只需从《尚友录》中择取一人，认作祖先[1]，便可因尚友先贤，顿时提高家族的地位与声望。其与廖用贤的"拔赵帜，立汉帜"，可谓有异曲同工之妙。

不过，《尚友录》书名虽改，其以备载古今姓氏为目标的类书性质并未变化。与《万姓统谱》为"存姓"所采取的变通之法，即"希姓"中"或名微而官存，或事微而无善可纪，亦并纂入；即行有颇僻者，间亦书之"[2]相同，"标以'尚友'，志景仰也"的廖作，也在"芳行懿轨，虽单词片长必录"的同时，保留了"佥人秽迹，间或及之，然千百中仅仅一二耳"[3]的通融。这自然是为了博采广收所做出的不得已的让步。

而对于以"尚友"标目的廖用贤之书来说，更普遍存在的情况是收录驳杂。为此，以父母官身份作序的商周祚专门自设了"何孟友严而生过宽也"的问答，对比孟子的取友严格，对廖书中所录，"大者固已夐绝伦匹，与孟氏并；而旁而出者，若阴阳、若名法、若纵横、若仙释、若方技，以及农圃星卜，种种猥琐，靡不曰友"，做出解说。商氏将其归结为"韩信将兵，多多益善"，故"何宽之足病"[4]，本不无勉强。但廖书以圣贤人物与普通百姓并列为可取法、交游之友，则对民间社会尤具亲和力。

令人诧异的是，廖用贤本人定位此书，于"尚友"之义并未做充分发挥，反而反复称其书"总以资藉于诗文，

---

1 葛剑雄、周筱赟："旧时修谱者有一本必备的书叫《尚友录》（通用的有明万历四十五年廖用贤编，该书以韵为纲，以姓为目，记载各姓的来历、郡望以及自上古至宋代出过的名人及其籍贯和主要事迹，修谱时随便挑选一个做祖先，然后设法将本家族与他联系起来。"葛剑雄、周筱赟：《历史学是什么》，北京：北京大学出版社，2002年，第104页。
2 凌迪知：《〈万姓统谱〉凡例》。
3 廖用贤：《〈尚友录〉凡例》。
4 商周祚：《〈尚友录〉序》。其原句为："生之取友能如淮阴将，则正正奇奇，多益善矣，又何宽之足病云？"

非颛辨别乎姓氏"、"原非端为考姓问族而设,惟取有资于诗文者采之"[1]。因此,害得后来的传刻、续编者,又必须面对"今人赠答诗文,率皆拾取古人姓字,铒饤凑合,全无义味;为此书者,得无开若辈一便门乎"的责难。实际上,不专借辨别姓氏以行"尚友之志"[2],倒更真实地反映出廖氏也有意接续《氏族大全》等书"撷取新颖以供缀文之用"[3]的传统,这应该也是《尚友录》入清后大行其道的又一原因。

虽然以韵为纲、以姓为目、采辑人物事迹的编纂方式,并非《尚友录》,亦非《万姓统谱》首创,但使之体例完善,发扬光大,则二书实在功不可没。而其下启晚清以降"尚友录"系列图书的编印,在由类书过渡到现代辞书方面,正承担了不可或缺的一环。

从《尚友录》到《外国尚友录》

明后期刻印的《尚友录》,到清初康熙年间,已出现张伯琮(1647—1731)的补辑本,"增姓五氏,增人八十三人,补遗十七人"[4],称《增补尚友录》。该书在晚清翻版更多,如四明畅怀书屋1886年版、上海点石斋与著易堂1888年版、扫叶山房1890年版等,后亦用《校正尚友录》之名。而点石斋在印行张氏补辑本的同时,也推出了潘遵祁(退思主人,1808—1892)所编《尚友录续集》二十二卷。《续集》之作,意在补遗,所谓"兹复择所遗者,博采史传纪载,一再搜辑,时代、卷数,一准诸原

---

[1] 廖用贤:《〈尚友录〉凡例》《〈尚友录〉自叙》。
[2] 陆求可:《序》(康熙五年,即1666年),《增补尚友录》,浙兰林天禄斋藏板。
[3] 永瑢等:《四库全书总目·排韵增广事类氏族大全》。
[4] 张伯琮补辑之《增补尚友录》有康熙五年(1666)浙兰林天禄斋本。引文出自退思主人:《凡例》,《尚友录续集》,上海:点石斋,1888年。

书"[1]。此编也有多种刻本，如1896年上海书局版、1899年上海益记书庄版、1900年著易堂版、1902年宝善斋版等，且多与张氏补辑本一同发行。点石斋印售《尚友录续集》时，曾预告将出版《续尚友录》二十卷，汇录"辽金元及有明一代人物"，以补廖用贤原书与《续集》均"断自宋止"之阙[2]。其书未见。后有名为《校正尚友录三集》与《国朝尚友录》的续书出现。《三集》"专录辽金元明四朝人氏"[3]，正与拟议中的《续尚友录》相同，却只得十卷。而李佩芳、孙鼎所辑八卷本《国朝尚友录》，在翻印过程中，为配套出售，也曾被删去《凡例》，易以《校正尚友录四集》的名目，成为《校正尚友录全编》之一部分[4]。

以上提及的《尚友录》各种续书，到1902年开始由各自独立转向整合统一。这一工作最早是由应祖锡（鸿宝斋主人，1855—1927）所为，其书取名《增广尚友录统编》。作序者吴邦升在揭示该书的编辑意义时，也备述此前的出版状况：

> 前明廖宾于先生有《尚友录》一书，仿《万姓通〔统〕谱》例，韵为纲，姓为目；其事实小传，则于经史子外，又旁搜他说，集腋而成，都二十二卷。嗣以吾吴潘氏颐养林泉，覃心典籍，取廖录遗珠，网罗成帙，为《续集》，体例如旧，纪载较详。然二书皆上自周秦，下迄南

---

1 潘遵祁：《序》，《尚友录续集》。此书另有题为《尚友录补遗》者，与《续集》版次、内容全同。
2 退思主人：《尚友录续集·凡例》。另，点石斋1888年版《尚友录续集》内封上，已印有"三续录嗣出"字样。
3 《凡例》，《校正尚友录三集》，上海：宝善斋，1903年。
4 参见李佩芳、孙鼎编纂《国朝尚友录》（有《凡例》，但未署出版书局与时间）及《校正尚友录四集》（无《凡例》，且未署编者姓名，上海：宝善斋，1903年）。另，《国朝尚友录》亦有上海南洋七日报馆1902年刊本，署李、孙名，但无《凡例》。

宋而止，辽金元明概付阙如。自晴川张氏复续《三集》十卷，后又见坊本《国朝尚友录》八卷，遂成《四集》。于是上下数千百年名臣硕儒、逸民艺士，经济文章、忠孝节烈，兼收并蓄，开卷如掌上螺纹，沾溉士林，良非浅鲜。特各自为编，散而不聚，顾此失彼，阅者病焉。鸿宝斋主人爰得并炉而冶一法，挨次厘定，重者删，阙者补，讹者正，珠联璧合，付诸手民。俾后生小子日对无万数古人，由博而反诸约，能自得师。[1]

其编辑之法，应祖锡自述为"仍就廖氏原集中，自周、秦而至国朝，挨次接入"[2]，故该书亦分为二十二卷。

统编的优势既极为明显，于是，1903年通文书局也迅速印行了由署名"钱湖钓徒"者编辑的二十四卷本《校正尚友录统编》。编者在《凡例》中不免夸大其辞，掠人之美，自称除将张伯琮所辑"悉依韵并入"外，又"备采辽金元明以迄国朝名贤"，较之廖用贤的《尚友录》原书，"增姓一百八十余氏，增人大率六七千之多"[3]。但因其分韵改用当时文人更为熟悉的《佩文韵府》编排，亦间有增补，故此本很快取代了以上各本，直到民国以后，仍续有翻印。

若从刊刻时间考察，在两种统编本面世的1902至1903年，《尚友录》系列的图书出版最为集中，版本亦最多样。现将已知各本列举如下：

1902年　应祖锡辑《增广尚友录统编》二十二卷，上海：鸿宝斋

退思主人辑《校正尚友录续集》二十二卷，

1　吴邦升：《序》，《增广尚友录统编》，上海：鸿宝斋，1902年。
2　应祖锡：《凡例》，《增广尚友录统编》。
3　通文书局主人：《凡例》，《校正尚友录统编》，上海：通文书局，1903年。

	上海：宝善斋
	李佩芳、孙鼎辑《国朝尚友录》，上海：南洋七日报馆
	张元辑《外国尚友录》十卷，明达学社 [1]
1903年	钱湖钓徒辑《校正尚友录统编》二十四卷，上海：通文书局
	张伯琮补辑《校正尚友录》二十二卷，上海：宝善斋
	《校正尚友录三集》，同上
	《校正尚友录四集》，同上
	《中西尚友录统编》，上海：慎记书庄 [2]
	刘树屏辑《二十四史尚友录》（附《国朝尚友录》），上海：文记书庄
	吴佐清辑《海国尚友录》八卷，上海：奎章书局

这还不包括各书局仍在发售的前几年印行的存货。其中最能说明晚清《尚友录》系列书籍热销情状的，当属署名刘树屏（文记主人）辑录的《二十四史尚友录》。该作其实是将雍正年间熊峻运所纂《氏族笺释》重加修订、补充[3]，便改头换面趁势推出。卷中真正出自刘氏笔下的，只有作为附卷却置于卷首的《国朝尚友录》，然其收录无多，亦无法与李佩芳、孙鼎的同名作相比。而各种新编《尚友录》基本出自上海，则显然与最先采用了石印技术的沪上已成为近代书业最发达地区有关。

---

1 笔者所见本缺刊记，卷首福格斯序作于光绪二十八年秋，副岛种臣撰于明治三十五年（1902）四月。而日本东京都立图书馆"实藤文库"藏有另一版本的《外国尚友录》，署"光绪壬寅岁冬明达学社藏本"，因知此书确为1902年刊行。笔者所见当为后出的翻印本。
2 此书仅见孔夫子网上售卖之《辽金元明尚友录》十卷，署"溪上张兆蓉编纂、四明戴鸿钧校正"，书口标为《尚友录全集》。
3 参见鹤浦柱下旧史：《〈二十四史尚友录〉序》。

在以"尚友录"题名的系列出版物之外,另有上海书局1903年印行的《泰西人物韵编》一种。此书无凡例,卷首刊周世棠所撰序文一篇,因知编者汪成教本为浙江奉化龙津学堂教习。周序记汪氏自言本编特色:

……是书起纪元前二千年顷,迄今二十世纪,凡泰西人物于译书所见,搜集靡遗,且必引证生卒年代,而无事实者概不录。

这一只关注人物有无事迹,而不考虑其人贤否的编辑思路,已然脱离了"尚友录"见贤思齐的取义。故周氏以之与日本出版的《外国地名人名辞典》相提并论,确有道理。但所言二书之别,日文辞典乃"依西文编次,而证以汉文,以便研究西文者之用",汪编则"以汉韵编次,而体例仍旧,以便仅习汉文者之用"[1],则证明以韵系姓的传统势力强大,实已成为人物名录的主流体式。尽管由于《泰西人物韵编》溢出了本文锁定的"尚友录"考察范围,下文不拟讨论,不过,该编作为民国以后诸多人名辞典的先驱,其地位与意义亦值得充分肯定。

回到本题,上述诸本之中,最值得关注的是张元的《外国尚友录》与吴佐清的《海国尚友录》。二书将《尚友录》的编纂传统延伸到海外,专门"荟萃东西各国已译未译诸书"中的人物事迹,其直接的目标读者群也锁定在"讲西学者"[2],在晚清中、西学交汇的时代,无疑更具新意。

---

1 周世棠:《序》,汪成教编辑:《泰西人物韵编》,新学会社藏版,上海书局癸卯(1903年)夏月石印。国家图书馆藏本无序,感谢钟少华先生的慷慨相助。
2 福格斯:《〈外国尚友录〉序》,张元辑:《外国尚友录》。吴佐清一书封面题签为"历代海国尚友录",作者自称及内文所署均为"海国尚友录"。

《外国尚友录》（1902年）内封

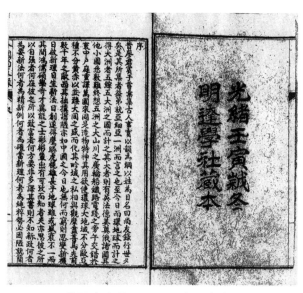

《外国尚友录》（1902年）版权页

关于二书作者，根据《外国尚友录》总目所署"溪上张元声初甫辑"，内文每卷署"溪上张元辑"，因知此书编者为张元，字声初。《海国尚友录》则署名为"丹徒吴佐清澄父辑"，其《自叙》却又署为"吴佐清左卿氏"，可见其别字起码有澄父与左卿二种。张之具体出身未知，然编书之际，适就读于新式学堂；吴氏1893年已是上海格致书院学生[1]，其时为教师，1909年当选江苏省咨议局议员。

二书在晚清应该都流行不广。张书命运稍好，有过翻印本，民国年间也曾被人记起。1918年，上海国学图书局曾有意将钱湖钓徒的《校正尚友录统编》与《外国尚友录》合并，出版《中西尚友录统编》，但除了在"古董钱湖钓徒编"之后增加了"溪上张元声初甫辑"的题名外，目前所见到的成书，其实只有《校正尚友录统编》二十四卷。倒是潘遵祁的序文一再被袭用，从《尚友录续集》到《校正尚友录统编》，最终又改头换面，变身为《〈中西尚友录统编〉序》[2]。

尽管表面看来，《外国尚友录》似乎比《海国尚友录》更受人重视，但论其实际，后出之作显然更高明。按照撰序者、传教士福格斯所言，前书实由"同学诸友"共同摘录而成，显见是辑于众手，仓促成书。《海国尚友录》则不同，该书出于吴佐清一人之手，就其"平日之所举以语及门者"汇集成编[3]。在正文六卷之外，吴氏又增加了《补遗》与《附考》各一卷，体例尤为精善。

有趣的是，《外国尚友录》卷首并没有编者张元的只

---

[1] 王韬编《格致书院课艺》（上海：富强斋书局，1898年）"纺织类"中，收有吴佐清《中国仿行西法纺纱织布，应如何筹办以俾国家、商民均沾利益论》一篇命题作文，得"癸巳秋季超等二名"。

[2] 1900年著易堂版《校正尚友录续集》已将潘遵祁之名误作"潘遵祈"，嗣后，包括1903年通文书局版《校正尚友录统编》在内的各书都承袭了这一错误。

[3] 福格斯：《〈外国尚友录〉序》；吴佐清：《〈海国尚友录〉自叙》（1903年）。

言片语，而只能见到"游历英、法、义、比教士"福格斯与曾任日本外务卿、内务大臣的副岛种臣二序。福氏重点在将"尚友"之意扩及海外，故以为廖用贤之书在今日用之，已有所不足：

是其所集者，盖第就亚细亚一洲而言之也。至今日而环地球而计之，得大洲者五；综五大洲之国而计之，其大者则有英、法、德、美、奥、俄诸国，其他小国悉数难终。想五洲之大，山川之广，轮船、铁路、电线之旁午交错于寰中，户庭重译，万国来同，是造物特神其用，欲使环球大地，域不分欧亚，种不分黄赤，以并臻大同之盛，而化其畛域之私，相与观摩尽善焉。

而福格斯铺陈这一天下大同、尚友外邦的美好前景，目的只在鼓励中国效法西方，"自强""致富"。如此，"非多译其书，则不知新政何者为要，新法何者为精，新例何者为确当，新理何者为纯粹"。《外国尚友录》的编辑，因此也与"保我四万万黄种之人"、"固我二万万神州之地"[1]的神圣使命联系起来。无独有偶，时任日本东邦协会会长的副岛种臣一序，更是完全撇开"尚友"，而大谈"此书统括万国而揽其要，通览千载而约其旨"，"纲举目张，一读了然，全世界之事尽于此矣"[2]。显而易见，在两位序作者眼中，融会新知实为此书第一等的功劳，这与包括《尚友录》在内的传统姓氏学著作以"考姓问族"或"有资诗文"为目的已经有了本质的不同。

这一由外国人士代为阐扬的编辑宏旨，在《海国尚友录》中再经编者吴佐清表出，无疑更为体贴亲切。从国人

---

1 福格斯：《〈外国尚友录〉序》。
2 副岛种臣：《〈外国尚友录〉序》，张元辑：《外国尚友录》。

的立场出发,吴氏首先要破除的仍然是鄙视夷狄的传统偏见。以承认东、西两文明并存发展为前提,他对于文化演进的历史图景做了如下描述:

> 自米尼司出,而埃及之民智开;自德修出,而希腊之民智开;自开我摩斯出,而波斯之民智开;自罗慕路出,而罗马之民智开。由是代有名儒,而哲学兴焉;由是代有名将名相,而文献武烈昭焉。嗟虖!虞夏商周之际,天固不欲私吾中国,使独臻文明之盛也。汉唐而降,泰西各国政学中衰,顽犷狂猓,渐忘其本。斯时中国适与之通,不知其昔日之文明也,直獐猺猓黎视之而已。即与吾同洲之日本,自神武开国以来,人文日盛,吾亦不知其盛也,直虾夷视之而已。然使其终如獐猺猓黎、终如虾夷则亦已耳,岂知宋元而后,文明者益文明,顽犷者亦日趋于文明。而吾士大夫犹且彝之狄之、非笑之诟厉之,而不知秦有人也,此吾之所以终绌于彼也。

泰西、日本未尝无人,泰西、日本自有其文明传统,且在当日东、西文明发生冲突之时,中华文明已落下风,这才是令吴佐清辈急于开眼看世界的根本原因。既然"西国儒生能读中史",甚至十三岁的西方女孩爱尔孛也"熟于亚洲掌故",吴氏更以国人的"怐愗如故,不能论世,不能知人"为"可耻孰甚焉",编辑《海国尚友录》"以为读东西史者之一助"[1],因此不可再缓。

从引用书目看,《外国尚友录》列出四十八种。除十二种为国人译自日文或自著之书,外人著译各书大抵可归入梁启超《西学书目表》中的"史志""学制""法律"

---

[1] 吴佐清:《〈海国尚友录〉自叙》。

"游记""西人议论之书"各类。自然，因《外国尚友录》晚出，其中也有少量用书为梁目所未及。但这一份书单其实并不完备，即如条目中多次提到的《古教汇参》便遗漏未录。《海国尚友录》的书目则只记书名，未注作者，不无疏失。其采辑中、西各书也只有四十二种。倒是注重从《海国图志》以来的国人自撰书以及西方名著译本（如《天演论》《民约论》《万法精理》），旁及宗教、天文、力学等为其特色，故与张书重合者仅十四部，可见二书取径之差异。此外，由于梁启超当年尚属清廷的通缉犯，因而两份书目对其著作都采取了回避态度，但这并不妨碍编写者的任意取用。

虽然就成书时间考虑，《外国尚友录》与《海国尚友录》可说是同时之作[1]，但二者在编纂体例上所显示出的差异，更适宜分置在两个阶段讨论。由此，晚清人名辞典演变的历史轨迹方得以完整显现。

从《外国尚友录》到《海国尚友录》

不必说，《外国尚友录》从学术体系上已然舍旧趋新，但在编排方式上却一仍旧贯，与其时流行的《尚友录》并无二致。甚至因为无所发明，连照例应有的《凡例》也省略了。只由福格斯在序言中交代了一句，其书为"分韵摘录"，再配上一份《〈外国尚友录〉引用书目》，读者倒也可以明白就里。

统计该书各卷所收人名，十卷总共辑录了八百六十四人的事迹。不过，这并非实际的收录人数。由于译音的歧异，一人分身两三处的情况并不少见。如法国学者孟德斯鸠（Charles-Louis de Secondat Montesquieu，1689—

---

[1] 吴佐清《〈海国尚友录〉自叙》署为"光绪二十八年七月"作，其时《海国尚友录》应已编成。

1755），此书中便有三个译名。为便于比较，特分别抄录于下：

蒙的斯鸠　法国人也。生于一千六百八十九年。幼禀天才，读史有识。少壮，探讨各国制度、法典，并研究法理学。千七百四十年，举为本州岛议会议员。同年入学士会院，益刻苦厉精研究各学，颇有著述，为世所称。千七百四十六年辞议员职，游历欧洲诸国。归国后，益潜心述作，先成《罗马盛衰原因论》《英国政体论》两书，既乃成《万法精理》，以千七百五十年公于世，盖作者二十年精力之所集也。此书一出，全国之思想言论为之丕变，真有黄河一泻千里之势，仅阅十八月，而重印二十一次，可以想见其声价矣。今欧洲文明之国，皆一一行其言，故蒙氏者，实可称地球政界转变一枢纽云。以一千七百五十五年卒，年六十六岁。

蒙特斯邱　法国名宦。尝新著一书，言英吉利治国规模胜于法国。法人读而羡之，一举一动，尽以英主为准则云。

孟的斯鸠　佛兰西罗弗勒人。好读诸史，兼善希腊、拉丁语。历游各国，与当时名士交游。费二十年星霜，著《万法精理》一书，论法理、政体、人权等，甚有裨于后世云。

此三条文字，前二则同列入卷一"一东"韵，且前后相连；后一则却必须到卷八"二十四敬"韵中方可寻见。对于初读西书译本的学子，恐怕很难将其还原为一人。

分析一下上述三则条目的材料来源，可以了解《外国尚友录》的编辑方法。介绍孟德斯鸠生平、著述最为详细的第一则，原出梁启超《蒙的斯鸠之学说》[1]一文。此篇初见于1899年12月《清议报》第三十二册，乃是梁氏为该刊设立的固定栏目"饮冰室自由书"所撰。杂志1901年底停刊，次年，横滨清议报馆即将此栏文字结集出版，该篇亦在其中。对比两段文字，《外国尚友录》在"今欧洲文明"前，删去了梁启超撮要介绍孟德斯鸠学说的部分，以及注于公历后的中国帝王年号，其他则是照录原文。由此可知，《外国尚友录》摘录的重点在人物履历，而非学术。第二则文字节自李提摩太（Timothy Richard, 1845—1919）与蔡尔康合译的《泰西新史揽要》第一卷第十节，其开头一句为"法国名宦蒙特斯邱，新著一书"。而《外国尚友录》摘抄时，抛开了原作特定的时代背景，"新著"的时间便完全落空。其将"法国名宦"作为孟德斯鸠的身份界定，也并不恰当；最后一句"以英制为准则"误为"以英主为准则"[2]，则是差之毫厘，谬以千里。至于第三条的来源，目前尚不能确指，从译音看应属于早期译名，或取自日本人的著述。

而像孟德斯鸠这样重见迭出的人名，尚有加里波的，分见下平声"六麻"韵之"加勒罢提"与"嘉礼巴地"，以及入声"十一陌"韵之"喀拉摆尔提"；加富尔也分见"六麻"韵之"嘉富珥"与"十一陌"韵之"喀佛耳"；柏拉图则有"伯纳陀"与"伯拉多"之别，华盛顿也有"华盛顿"与"佐治·华盛顿"之分。在没有原文配置的情况下，如此分列固有不得已处，可视为谨慎，但也造成了混乱。

由于《外国尚友录》成于众手，其中也不乏因汇合时

---

[1] 此则《饮冰室合集·专集》之《自由书》失收，拙编《〈饮冰室合集〉集外文》（北京：北京大学出版社，2005年）已录入。
[2] ［英］马恳西著，李提摩太译，蔡尔康述稿：《泰西新史揽要》第一卷第十节"友天下之善士"，上海：广学会，1896年。

未加拣择而造成的重复。如梅特涅之名两见，一则为："奥相。梅特（涅）以绝世之奸雄，外之操纵列邦，内之压制民气，匈加利八百年来之民权，摧陷殆尽。水深火热，哀鸣鸟之不闻；雨横风狂，望潜龙之时起。时势造英雄，噶苏士实此时代之产儿哉！"一则为："奥相也。外之操纵列邦，内之压制民气，匈加利八百年来之民权殆尽。"[1] 很显然，两条文字出处相同，只是后者比前者摘录时更节制而已。实则前文是从梁启超的《匈加利爱国者噶苏士传》[2] 照录过来，"同学诸友"因抄得顺手，以致连噶苏士也没头没脑地闯入梅特涅的条目中。

从编纂者的心理揣度，《外国尚友录》之人物重出，也与主事者抱定多多益善的想法有关。甚至像"铁雪子"这样编者对其一无所知，只能记以"未详"[3] 的人名，在此书中也未放过。于是，编中不少人物难免面目模糊。如"姚哥"一条：

西儒姚哥氏有言："妇人弱也，而为母则强。"夫弱妇何以能为强母？唯其爱儿至诚之一念，则虽平日娇不胜衣，情如小鸟，而以其儿之故，可以独往独来于千山万壑中，虎狼吼咻，魑魅出没，而无所于恐，无所于避。大矣哉！热诚之爱之能易人度也。[4]

读了这一则文字，关于"西儒姚哥"为何国人士、生于何时、有何著作，我们仍然一无所知。而此段文字实抄自梁

---

1 《外国尚友录》卷三，"十灰"之"梅特涅"条。
2 此文初刊《新民丛报》第4、6、7号，1902年3—5月。
3 《外国尚友录》卷十，"十一陌"之"铁雪子"条。
4 《外国尚友录》卷四，"二萧"之"姚哥"条。所见版本此段文字错漏甚多："言妇"二字原缺，为空白，"而为母"误为"不为母"，"出没"错成"出度"，更离谱的是"情如小鸟"讹作"情如山岛"。而明达学社本无误。感谢樽本照雄先生的提示。

启超的名文《新民说》中《论进取冒险》[1]一篇。至于"姚哥",则是鼎鼎大名的法国文学家雨果(Victor Hugo, 1802—1885)。如此警句格言进入《外国尚友录》中,实在并未提供多少准确的知识,其意义只在证明了原有的谱学著作"撷取新颖以供缀文之用"的传统影响之强大。

应该承认,《外国尚友录》在介绍新知的同时,确乎没有放弃《尚友录》等传统姓氏书掇拾琐闻的趣好。如关于英国科学家牛顿(Sir Isaac Newton, 1642—1727),便既在"牛顿"一条完整地记述了其生平,以及发现无穷数、地心引力、光谱等学术贡献,也在"牛董"一条中专记这位"英吉利人,理学之大家"的不婚:"终身不娶妻,盖牛董自少好学,除食眠外,勉强不息。中年事务纷繁,交游浩多,亦不暇思伉俪也云尔。"[2] 其记苏格兰发明家瓦特(James Watt, 1736—1819)也同样如此,"华忒"条中已简述其为"英人,第十八世纪末发明利用蒸气力之机器,后凡百制造均应用之云";又在"奈端"条中以近乎一半的篇幅,叙述其十四岁时,如何"居斋读书,喉渴,土瓶盛水置火上,心为书专,忘其事",后"土瓶之汤沸腾,瓶盖跃数次,耳闻之,斜瞬,睹其形状,心讶",因此研究蒸汽,终于发明了蒸汽机[3]。而有关"奈端"的一节,却纯粹是张冠李戴,此译名本为牛顿所有,与瓦特毫不相干。此类纰缪的出现,既有编者未能回校原文的限制,也与仓促成书不无关系。不过,讲述逸闻故事,还是比简记人物履历更容易引起读者的兴趣。

相比之下,吴佐清独立编成的《海国尚友录》不仅在著述态度上要更加严谨,就编纂体例而言,也较《外国尚

---

[1] 此篇初刊 1902 年 4 月《新民丛报》第 5 号。
[2] 《外国尚友录》卷六,"十一尤"之"牛顿""牛董"条。"眠"原误作"眼"。
[3] 《外国尚友录》卷五,"六麻"之"华忒"条;卷八"九秦"之"奈端"条。

友录》更为精密。不能说吴佐清绝对没有贪多的想法，如卷一中"希比埃"条，只有"周敬王时人"一句释语，便很无谓。但其力求精确，"虽不能至，心向往之"，仍是分明可见。《凡例》中的如下声言最得其神：

> 所载之人，必考证确凿，始行采入。若稍有疑似，或所居何地、所生何世言人人殊，则不敢妄为臆断，姑列入补遗卷内，以待考订。[1]

因而其所录人物，除正文六卷的六百一十四人外，尚有卷七"补遗"采辑的二百七十四人。换言之，《海国尚友录》的全部人名中，将近三分之一被作者有意放在了备考卷。

与传统《尚友录》的《凡例》多述收录情况不同，吴佐清更多条陈的是何者不收的理由。如"生存者犹待论定，故概不列入"；"朝、缅、暹、越岂无达人，而皆不载者，以其曾为中国藩属，与是编诸国不同也"，等等。而其特别说明："是书后增附考一卷，于外国舆地之沿革、史事之原委，务求详明，以备初学考证。"卷八"附考"即分列"引用国名考（地名附）"与"引用故实考"，前者含七十三国，后者共四十八条，处处均见其用心精审。

更大的差别还在于吴佐清完全舍弃了"廖氏《尚友录》以韵为纲，以姓为目"的成例，改为"以时之先后为断"。此实为《海国尚友录》最突出的特色，无怪吴氏特意在《凡例》第一条的显著位置上做出声明。为当时的读者考虑，其书的编排也全部采用了中国朝代纪年法，自唐虞始，至清朝同治止，各个人物按朝代依次排列。即使每一条目中，凡涉及年代，也必兼具中、公历。如卷一

---

[1] 吴佐清：《〈海国尚友录〉凡例》。

"周"之"柏拉图"（Platon，约前428—前348）条，记其"生于周考王十二年，即公历纪元前四百二十九年；卒于显王二十三年，即公历纪元前三百四十八年"。如此并举，显然比《外国尚友录》只记公历的做法更方便读者还原。可以想见，以一人之力，在资料尚不完备的时日，希图按照时代先后编列外国人物的困难之大。这也是《海国尚友录》出现大量"补遗""待考"人名的原因。

而吴佐清不惮繁难，一意孤行，并非只为换一种编法以求新，背后实有更深刻的思虑。其所以不接续廖用贤范式的理由，原是基于晚清翻译界的现实：

然外国人名，译音不一，安能以一家所译据为定音？且并有韵中所无者，尤未便用廖氏之例。[1]

后者所说，即诸如"唥唎"之类加了"口"字旁的译音姓名，本字不见于《佩文韵府》，放弃倒无所谓，一旦收录，必然无所适从。前者则是因译出多门造成的众说不一。因此，《外国尚友录》不加别择、每见辄收，尽管是援用旧例，却也是最省事且最保险的做法。因为外国译名的还原或者合并需要的知识储备，非浅学之士匆促之间所能获致。于是，除了考订人物生卒年，排列先后次序这一重困境之外，吴佐清势必还要面对鉴定纷杂的译名这另一重考验。

《海国尚友录》当然做得并不完美，从引用书目上，已可知其人名收录不可能完全；同一人物，也仍然存在分身两处的情况，如卷五之"富兰克令"与卷七"补遗"中"悟云际引电之法"的"美利坚国人""富兰林"，卷四之

---

[1] 吴佐清：《〈海国尚友录〉凡例》。

"奈端"与卷七中的"声学家亦光学家""牛顿",显然为同一人之歧出。不过,这丝毫无碍于该书编者指出并努力于向上一路的重大意义。以苏格拉底(Sokrates,约前470—前399)的条目为例:卷一目录在"梭格拉底"之下,尚以小字注出了"苏格拉第、所蛤达底士、索克拉的、琐格底、梭革拉低"五个译名。正文末尾,又逐一交代:

"格〔梭〕格拉底"一作"苏格拉第",《古教汇参》作"所蛤达底士",《万国史记》作"索克拉的",《万国通鉴》作"琐格底",《希腊志略》作"梭革拉底"。

如此,这位"生于周元王七年,即公历纪元前四百七十年"的"雅典国人""西方之圣",也如孙悟空将自家毫毛变出的无数化身收上身来一般,把诸多异名归于一体。

而由于需要在众多的译名中确定以何者为主,由此派生出的意义,便是在统一译名上,《海国尚友录》也有推进之功。虽然吴佐清并未说明其择取的原则,但采纳习见者应是优先的考虑。这从苏格拉底一例已可见出。吴氏放弃了《古教汇参》等译著中的各种译名,所用之"梭格拉底",则屡见于梁启超著述中;而梁氏1897年撰写《变法通议·论译书》时已采此名[1],因知还有更早的根据。其他见诸《海国尚友录》的"柏拉图""但丁""卢梭""瓦特""约翰·弥勒""伯伦知理""玛志尼""加里波的""加富尔"等,无不是经过梁启超的论说而为人熟知,其中许多也已成为现在的通用译法。

合并译名之后,吴佐清便也无法像《外国尚友录》那

---

[1] 梁启超:《论学校七(变法通议三之七):译书》,《时务报》第29册,1897年6月。

般一抄了之,而必须重新结撰文字。同样是"孟德斯鸠"一条,《海国尚友录》显得要言不烦:

> 孟德斯鸠　法兰西国人。生于我朝康熙二十八年,即公历一千六百八十九年,卒于乾隆二十年,即公历一千七百五十五年。著《万法精理》,发明立法、行法、司法三权鼎峙之说。又极言贩奴无人理,听讼宜废拷讯,设陪审。后人题之。[1]

其中包含了生卒年、代表作、主要贡献以及对后世的影响,已是相当标准的现代辞典写作风格。当然,这也可以说是最精善的一例。其他或繁或简、长短失当者,也有不少。但总体而言,该书的编纂水平比之《外国尚友录》的直接剪裁,还是高出许多,起码在叙述上更为完整与得体。

这样一部以介绍西方文明、尚友西人为职志的工具书,其编者的思想认同不说应与传统伦常背离,也该有所突破才合情理。然而偏偏在此处,吴佐清又与声言"若奸恶昭彰人所共知者则删之,不敢有污简册"[2]的《万姓统谱》异代同调。其《凡例》中也有此一条:

> 法兰西之议员手弑法王,日本国之处士实刺大老,当时称之,谓为民权所由张、义愤之所激也。是书恐开犯上作乱之端,故其人概不列入。

与其说这样的设定是格于《尚友录》系列图书的体例,不如说从此间更能窥见《海国尚友录》并不完全以影响历史进程或对人类社会有大贡献者为择录对象,因而,其与现

---

[1] 《海国尚友录》卷五"国朝","孟德斯鸠"条。
[2] 凌迪知:《〈万姓统谱〉凡例》。

代辞书仍有间隔。

剔除者之外,即使收入《海国尚友录》的人物,在吴佐清眼中也并非都堪作模范。此时,"附考"体例的设置便可发挥效用。"卢梭"(Jean-Jacques Rousseau, 1712—1778)一条正是好例。该段文字既详细叙述了卢梭生平与著述情况,最后也特别提到其"著《民约论》,发明平等自由之理。其说既行,遂有法国大革命之变。后人称其书为乱党之导火药线,故法之乱党凡四见焉"[1]。卷八"附考"中也专列有"卢骚言平等自由"一则,对此加以解说。吴氏先重述正文中卢梭所作《民约论》被称为"乱党之导火线"诸言,然后举示了四部包括伯伦知理(Johann Kaspar Bluntschli, 1808—1881, 今译"布伦奇利")《国家学》在内、"痛抵平等自由之说"的西方及日本人著作,最后又针对"自由"之义大加阐说:

自由者,保其自有之权利,君不得制之夺之,非任其嚣张而无贵贱上下之别也。西制举国入学,不入学者罪其父母;举国充兵,不满役者以逃亡论。此至不自由者也。理刑规制在道院,受枉者大审院得以平反之,则非无上下之别。即如出版、从教、立社、居住、移转、身体、信书秘密之自由权,以世界公理推之,固未尝有禁民之居处往来者也。之数者,载之宪法,布之通国。此外不闻有反乱之自由权、抗令之自由权也。可知前人主持民权之说,欲使人主无偏听、无专断,合众是以为是。乃今人附会其说,以逞其无君之毒,则非言民权者之本旨也。[2]

主张"平等自由"与"民权"的卢梭并无行动上的"大逆

---

[1]《海国尚友录》卷五"国朝","鲁索"条。
[2]《海国尚友录》卷八"附考下编·引用故实考","卢骚言平等自由"条。

不道",不便排除在"尚友"者外,但吴佐清显然又担心其说引发革命思潮。因此,以"附考"文字肃清正文中可能产生的"流毒",以杜绝"恐开犯上作乱之端"的隐患,附录部分在此便派上了用场。

当然,更多的情况下,"附考"还是力求客观地提供知识,补充正文条目中无法展开的内容,以帮助读者正确读解。如"意大利"[1]一则对于该国历史的简略介绍,使得"玛志尼""加里波的""加富尔"等条目拥有了必要的知识背景,不但可以因此减省正文字数,有助于使用者明了各人事迹,而且"附考"也成为条目知识的延伸,起到了化零为整的作用。

其实,比起《海国尚友录》,像《外国尚友录》这样一种新内容与旧形式、新知识与旧趣味混杂的类书,更具有时代标本的意味,因其只能出现在晚清这个新旧过渡的时代。在此背景下,期望完全凭借译本资料,为国人阅读包含大量不规范译名的西学书提供查阅的方便,也是编辑《外国尚友录》一书最强固的理由。因此,其收录人名的重出,倒也有相当的合理性。但重出之后还应该"合并同类项",可惜以当时编者的能力与著述条件,尚不能及此。而且,由于该书的人物传记资料均自完整的著作割裂摘出,若以现代辞条的标准来衡量,自然缺项甚多。《海国尚友录》于此已有极大改进。特别是其采用"以时之先后为断"的编纂体例,有意识地割断与传统姓氏书的联系,是其最富现代精神的表征。然以"犯上作乱"作为汰选人物的根据,将道德标准置于最高地位,则又使其最终未能完全突破《尚友录》的牢笼。虽然进化的层级不同,二书却都宜于看作从类书向现代辞典过渡的中间物。

---

[1] 见《海国尚友录》卷八"附考上编·引用国名考(地名附)"。

从《海国尚友录》到《世界名人传略》

尽管由于晚清翻译界译名纷杂的现实,存在诸多缺陷的《外国尚友录》仍有其无法替代的价值,但《海国尚友录》以一主名统率诸多异名的做法,实已昭示出未来的发展趋向。并且,随着译本的增多,统一翻译用语的呼声也日形急迫[1],带有规范意义的新辞典已是呼之欲出。

1897年,日后成为商务印书馆编译所骨干的高凤谦,在《时务报》上发表《翻译泰西有用书籍议》,对统一译名已有详细考虑。除"辨名物"所讨论的表意词,在"谐声音"一节,高氏又依据"地名、人名,有音无义,尤为混杂"的译界现状,针锋相对地提出解决之道:

《世界名人传略》(1908年)中文内封

---

1 如严复拟《京师大学堂译书局章程》(1903年)规定:"法于开译一书时,分译之人另具一册,将一切专名按西国字母次序开列,先行自拟译名,或沿用前人已译名目(国名、地名,凡外务部文书及《瀛寰志略》所旧用者从之),俟呈总译裁定后,列入《新学名义表》及《人、地专名表》等书,备他日汇总呈请奏准颁行,以期划一。"《严复集》第1册,北京:中华书局,1986年,第128页。

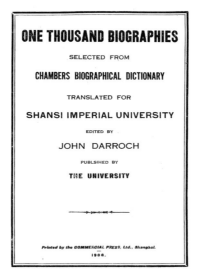

《世界名人传略》(1908年) 英文内封

宜将罗马字母,编为一书,自一字至十数字,按字排列,注以中音。外国用英语为主,以前译书,多用英文也;中国以京语为主,以天下所通行也。自兹以后,无论以中译西,以西译中,皆视此为本。即一二音不尽符合,不得擅改,以归画一。[1]

此议因未顾及人名翻译中中文字义的联想生成,其他外国语言的语音实际,以及与已有译名的衔接等问题,因而不可能推广,但其关于规范译名的基本思路对后来者实多有启示。

应该说,对于《外国尚友录》与《海国尚友录》的编者与使用者来说,最感困难的还是译名的无法还原。而早在1896年12月,《时务报》从第十三册起,即已在每卷

---

[1] 高凤谦:《翻译泰西有用书籍议》,《时务报》第26册,1897年5月。

之后，附录《中西文合璧表》，将该刊当期所译外文报中"人、地名之不习见者"开列出来，"以便阅者考核"[1]。以原文为依据，好处是无论译名如何五花八门，终究可以百川归一。这与两部域外尚友录以中文译名为基准的编辑思路迥然不同。

为了将规范译名与中西对照合而为一，由英国传教士李提摩太倡议翻译的《世界名人传略》于是应运而生。据该书《凡例》说明："是书由英国《张伯尔世界名人字典》Chambers Biographical Dictionary 选译而成，共得名人千余，名曰《世界名人传略》。"可知此书原本乃是西方最权威的《钱伯斯传记辞典》，英文初版于1897年问世，编者为 David Patrick 和 Francis Hindes Groome。而中文译本的序作者，同时也是校对润色者许家惺显然并不了解内情，故称之为"英国张伯尔所著《世界名人字典》"[2]。殊不知"张伯尔"只是出版此书的 W. & R. Chambers Limited 的名称，原为兄弟二人（R. 钱伯斯与 W. 钱伯斯）合办的出版公司，其最有名的出品便是《钱伯斯百科全书》（Chambers's Encyclopaedia）。

翻译《钱伯斯传记辞典》这样一部收录万人以上[3]的大型辞书，对于晚清的译者来说，确是一件工作量极大的难事。幸好有独具魄力的李提摩太创议，且指令由1902年在上海设立的山西大学堂译书院具体承担，英国传教士窦乐安（John Darroch, 1865—1941）总理其事，聘黄鼎、张在新、郭凤翰分卷翻译，并将译者姓名标记在各卷卷

---

1 《本馆告白》，《时务报》第13册，1896年12月。
2 编译者：《凡例》，许家惺：《序》，收窦乐安等译述：《世界名人传略》，上海：山西大学堂译书院，1908年，《凡例》第1页、《序》第1页。
3 《钱伯斯传记辞典》的《序言》称，其"必须处理的人物大大超过一万"（the total number of persons treated of must a good deal exceed ten thousand.）。按：本文所据 Chambers Biographical Dictionary 版本为：W. & R. Chambers Limited (London and Edinburgh, 1897, 1899). J. B. Lippincott (Philadelphia, 1898, 1900)。其中1899年版文字上有修订。英文资料由陈丹丹与杨联芬提供，特此致谢。

首，以示负责，最后再经许家惺校订定稿，整个过程至少持续进行了五年。中间又经历了"译院迁移，遗佚数卷，复为补译续成"[1] 的波折，全书到1908年才终于出版。因其仅从原本中选译了一千余人，故另取英文书名为 *One Thousand Biographies*。

考察《万国公报》1903年5月开始刊载的《地球千名人考》[2] 一文，应该有助于揭示《世界名人传略》的编译过程，并可补其《凡例》未言明选译原则的阙失。这篇署名"山西大学堂译书局来稿"的文章，从口气上看，更像是出自李提摩太个人之手。何况，根据许家惺的说法，从"荟萃古今人物，宏深博大，搜采无遗"的《世界名人字典》（《钱伯斯传记辞典》）中，"选择重要名人千余人"的工作，本是由李提摩太独自完成。此文的撰写因而可以被视为全书翻译活动开始启动的标志。

与《尚友录》诸书的入选人物有更多道德层面的考究不同，《地球千名人考》的作者纯以历史影响，即其所谓"声名"为衡量尺度。反映在书名上，便形成了与"外国尚友"相区别的"世界名人"之说，这也是英文原本题名不曾显示的意思。文章作者有意编辑一册《古今名人表》，其工作程序如下：

> 余曾集古今千名人，胪为一表。其集法，取列国名人传六部（计英二、法二、德一、美一），择其列传最长者，部各二〔一〕千名，以此法共得人六千。又于此中取其至少三部列名者，约得一千六百之数。复于此中择其篇幅最长者，得人一千。以此法求之，不惟可以得其最有声名

1　许家惺：《序》，收窦乐安等译述：《世界名人传略》，《序》第1页。
2　《地球千名人考》，《万国公报》第172—174册，1903年5—7月。

者,即诸人位置之序,亦可由此而知焉。[1]

以今日的眼光,不难看出其明显的西方中心立场。特别是将《钱伯斯传记辞典》易名为《世界名人传略》后,这一偏狭的倾向更加被放大。不过,对于渴望了解西方的晚清学界则该另当别论,或竟不如说此正是其优势所在。而凭借这段自述,我们也可以察知《世界名人传略》只取千人的来由及其选录的方法。

比较此前出版的中文人名录,《世界名人传略》最大的特色是一以"西文原名"为依归。《凡例》对此有清楚的提示:

一、每传译名之下,附列西文原名,及其生卒年代。其有未详者,则从阙如。

一、传文中如遇人名、地名,仍将西文原名,按列书眉,并于原名译名之旁,附志一、二、三、四等号目,以便阅者参考检查之用。[2]

以雨果一条为例,在大字印出的译名"胡戈"即雨果之姓下面,既有以略小字号接排的"维多,Hugo,Victor"的雨果汉译名字与英(法)文姓名,也有用双行夹注标明的雨果生卒年,"生一八零五年,卒一八八二年"。条文中的"拿坡仑""布邦""查理""路易·腓立比"四个人名也加了注释号码,在正文上方的书眉,顺序对应地列出了"Napoleon""Bourbon""Charles""Louis Philippe"[3] 四个

---

1 《地球千名人考》,《万国公报》第172册,1903年5月。
2 编译者:《凡例》,《世界名人传略》,《凡例》第1页。
3 黄鼎译:《世界名人传略》,H.传八,第41页。此处雨果生卒年有误,应为1802—1885。英文版均表述正确,见1897—1900年各版第509—510页。

西文原名。因此,其"胡戈"的译音尽管与今日通行的"雨果"仍有较大差异,但检索西文姓名仍可对号入座。

以西文为基准,反映在全书的结构上,便是照搬原书的编排次序,"按二十六字母分卷"[1]。也即是说,使用这部《世界名人传略》词典的人,首先必须掌握二十六个英文字母。这一知识背景的要求,明显与《外国尚友录》及以前的各书相异。所谓"以韵为纲,以姓为目"、"分韵摘录"人物事迹,其基本的假设前提仍是阅读者对"平水韵""洪武韵"等韵部有所了解。两种按图索骥、查找人名方式的差异,实质上显示了以中学还是以西学为根基的知识系统的分野。即便已经意识到传统类书体裁在结构西学知识上的限制,舍弃了韵书体式的《海国尚友录》,其所做的调整也仍然是以中学为立足点。

如果从准确性考虑,《世界名人传略》的做法自然更合理。而为了适应晚清译界各行其是、莫衷一是的局面,编译者也尽力采取了若干弥合、补救的措施。其一,即是声明:

> 所译人、地名,除习见他籍,沿用已久者,仍袭用外,其余悉据京音译定,且前后画一,无错杂紊淆之弊。[2]

这与高凤谦以"京语"为标准译音的提议以及其时翻译界中有识之士的追求正相合。不过,具体到这样一部数逾千人的大书,能够做到全书译名统一,应该说是极不容易。而译者于其中又特别关照到已有的知识链接,将惯用的译名一并纳入,自然为读者提供了更多便利。

其二,译者又在书后编制了两个重要的附录。其中

---

1 编译者:《凡例》,《世界名人传略》,《凡例》第 1 页。
2 编译者:《凡例》,《世界名人传略》,《凡例》第 1 页。

《世界名人汉译检查表》是按照《康熙字典》的部首排列法，由中文检索其西文原名及本人传略的所在页码。此举显然意在为不识英文字母的中国读书人开一方便法门。而采用"字典"而非"韵部"的检索方式，也可以认为是译者有意疏远"资藉于诗文"的姓氏书传统，视字典的编纂体例与西文工具书更接近。这也是译者提到 Chambers Biographical Dictionary 时，径以《世界名人字典》称之的缘故。

《世界名人传略》的另一附录为《世界名人时代表》。毋庸置疑，编译者于此表费心最多，故《凡例》中特意对其做了详细介绍：

> 书末附列《世界名人时代表》，将本书各名人，按照中、西年历，以次编列，藉证古今世界人物之盛衰。每人表末，附载本传页数，以便阅者按籍而稽。其查检之法，即视本人西文原名前缀，属于某部，而检某部若干页。

很显然，此表正是《地球千名人考》中限于篇幅未能载录的底本。其依照商、周、秦、汉诸朝代顺序排比人物，先列其人之"西名"，次"译名"，在"生年"中同时注明西历年份及与之对应的中国帝王称号，最后标注页码。由于《传略》正文只有西历而无中历，对于习惯使用帝王年号纪年法的晚清读书人来说，也容易产生无从置换的困惑，因而《时代表》的编制绝对必要。对比《外国尚友录》删去梁启超原文中附加的"康熙二十八年""乾隆二十年"的孟德斯鸠生卒年，《世界名人传略》体贴读者，为其设想周到，理应获得赞许。而在编排形式上与此表相近的《海国尚友录》，由于在条目正文中中、西历同时并举，且以中历居先，于是难以避免类似法国的孟德斯鸠"生于我朝康熙二十八年"的尴尬语境。由此，《世界名人传略》的分别处置，在词条本文中不出现中国帝王年号的做法无疑更为妥当。

在译名的规范化方面，《世界名人传略》的确贡献良多。其采纳习见译名，以及用北京音而非方言翻译人名，使该词典具有了择善汰繁、确立标准的意义。翻检《世界名人汉译检查表》，不难发现其人名译音与今日通行者多有重合，如孟德斯鸠、哥白尼、培根、华盛顿、梅特涅、马志尼等。尤其是在姓氏同音字的使用上，《传略》显然尽量择取中国固有者，以努力消除文化的隔膜。但还应当强调的是，此书毕竟编译于晚清，译者更多考虑的仍是中国读者的接受问题，因此译名仍须顺应人情也很可理解。特别是经名家之手译出或使用之后，其译名更容易普及。如此，牛顿即采取了流行的"奈端"一名，严复翻译的"斯密亚丹"（今译"亚当·斯密"），梁启超经常提及的"福禄特尔"（今译"伏尔泰"）、"弥勒"（今译"穆勒"或"密尔"）等，便也有理由原样保留在《世界名人传略》中。

由《钱伯斯传记辞典》选译而成的《世界名人传略》，当然也以提供简明扼要的人物传记资料为目标。不妨仍取"孟德斯鸠"一条为例，只是原列于书眉的英文人名、地名，下文已直接植入译名之后：

孟德斯鸠（查理，Montesquieu, Charles，生一六八九年，卒年阙）

法政学大家。生于波耳多（Bordeaux）之附近。年二十余，为波耳多议会议员，旋升会长，克勤厥职，尤注意格致之学。法王路易（Louis）第十五在位年幼，奥林斯（Orleans）公腓力（Philip）摄政，荒淫无度。氏痛国事之腐败，乃托为两波斯人游巴黎之语，著《波斯寓言》，以规讽当时政教。既而辞议员职,游历维也纳(Vienna)、腓尼斯(Venice)、罗马、瑞士、荷兰、英吉利诸国。居英二载,与彼都贤士大夫游。读哲学家洛克(Locke)氏之书,复屡至其议院,研究英国宪法,学识大进。归而著《罗马盛衰原因论》,读者叹服。既复穷二十年之力,成《万法精理》一书,推论法律之来原,及其发达之理,组织之法,盛称英国自由宪法之美,谓足为欧洲各国矜式。是书初出,隐其名,然魄力甚伟,全国言论思想,为之丕变。不及二年,重印多至二十一次云。[1]

显而易见,该条比《海国尚友录》详备。而与《外国尚友录》比较,最重要的不同,一是增加了孟德斯鸠的第一部名著《波斯人信札》(即《波斯寓言》),二是简要介绍了《论法的精神》(即《万法精理》)之基本内涵。或者也可以说,它是把《外国尚友录》中的一、二条叠加,所谓"新著一书"指的正是《万法精理》,余外仍有补充。最后数语与梁启超《蒙的斯鸠之学说》中所言甚相像,应是翻译时有所借鉴。而孟氏卒年,各版《钱伯斯传记辞典》以及梁文中都有记录,《世界名人传略》反有阙失,可谓白璧微瑕。

一部以汇录世界名人小传为职志的辞典,其眼光当然不应只局限于西方世界。尽管《钱伯斯传记辞典》的西方中心意识造成了其收录的东西方人物比例严重失调,但为了吸引中国读者,《世界名人传略》还是特别为三位中国人留下了位置——并且,这也是亚洲唯一入选的三人:最

---

[1] 张在新译:《世界名人传略》,M.传十三,第48—49页。译文对原文有增删,如1897年版中"1689年1月18日出生于法国波尔多(Bordeau)附近之柏烈德(La Brède)庄园"(第669页)一句,在译文中只留下了年份与大地名;而"法王路易十五在位年幼,奥林斯公膺力摄政,荒淫无度。氏痛国事之腐败",以及下文"穷二十年之力"诸语,则为译者所加。《世界名人传略》并将原本有时放在文内的生卒年,统一置于姓名下方。

古老的是孔子，中间有玄奘，晚近则取中了李鸿章。末者在《传略》开始编译前两年去世，故经过修订的1899年版《钱伯斯传记辞典》"李鸿章"一条，资料便只能截止于1898年[1]，后来的事迹应为《传略》译者所添加。兹节录其文，以见外国人眼中的李鸿章形象：

> 李鸿章（Li, Hung-chang，生一八二三年，卒一九零一年）
>
> ……一八九四年，中日失睦，致开战祸。氏总制军务，所部海陆军士，多贪墨无勇，以致兵锋大挫，从前所得之功赏，悉被褫革。上以李主和议为怯战愤〔愦〕事，大怒，急召回京。氏惧，逡巡于外者久之。未几，奉命为议和大臣，尽复其原有功赏。东使日本，竭力议和，为日人所铳击受伤。议割台湾全岛，赔偿兵费三十五兆镑，成约而归。一八九六年，历聘欧美，考知西学之足以富强中国，乃倡议仿行，以谋改革。会北方拳匪肇乱，仇外启衅，煽惑在京各大臣，附合者众。而氏果知其必败也，颇沮之。寻授两广总督，各大臣乃失其阻挠之力，任意妄为，绝无顾忌，于是酿成天子蒙尘之巨祸。及联军入京，两宫命氏为全权大臣，议和，中国得免于瓜分，此李保护之功也。以故声名洋溢，中外倾心，人皆称之曰忠。[2]

将其评价与此前各版的英文辞条对照[3]，或与梁启超写于1901年的《李鸿章》一书比勘，讨论中外人士以及在华

1　"Li, Hung-Chang", Chambers Biographical Dictionary (Philadelphia: J. B. Lippincott Company, 1899), p. 591.
2　窦乐安、张在新译:《世界名人传略》, L. 传十二, 第18—19页。
3　"Li, Hung-Chang", Chambers Biographical Dictionary (Philadelphia: J. B. Lippincott Company, 1899), p. 591. 与1897、1898、1900年三版对照，1899年版去掉了"Li Hung-Chang is one of China's most enlightened statesmen"（李鸿章是中国最开明的政治家之一）一句，而增加了"In 1898 he played into the hands of Russia, and was dismissed."（1898年，他让俄国得到了好处，因此被解职）。

西人眼中不同的李鸿章形象，本是一个有意思的话题，但限于篇幅，在此也按下不表。

可以想象，《钱伯斯传记辞典》英文初版面世不过十年，即有中文译本出现，足以见证晚清对于域外新知追踪之及时。而《世界名人传略》从原本的选择到翻译、编校的认真，在晚清译界贪多求快的风气中实属异数，这也预示了其无法获得普遍认同的命运。精装一厚册，二三元不菲的定价，使其很难进入普通读书人的书斋。一个世纪以后的今日再来查找此书，不但集合了燕京大学藏书的北京大学图书馆未见其踪影，甚至连收藏最富的国家图书馆也付之阙如。而这却是至今为止，以中文翻译的唯一一部《钱伯斯传记辞典》。

至于《尚友录》书系，进入民国以后，虽有嗣响，但无论是已经行世的章巨膺编《医林尚友录》，还是仅存稿本的任卓编《女子尚友录》，承袭的实在只是"尚友"的题义。而在体例上，声明"仿《尚友录》法编辑成书"的同时，章氏又强调"本书人名，以姓氏笔划多少为序，依字典部典〔首〕排列法，便检查也"[1]；任氏在《凡例》第一条，更直接挑明其与传统编例之不同："廖公《尚友录》以韵为纲，兹欲免却检韵之烦，以所采女子之姓名第一字之笔划多少，分别部居。"[2] 放弃依韵编列，改用部首或笔画查字法，都是因为两位编者已经清楚地看到，随着白话诗文成为文坛主流，韵书已逐渐失去市场，在读书人的知识结构中也日益边缘化。至此，传衍久远的《尚友录》编纂系统，在经过吴佐清"以时之先后为断"的改造后，最终与《世界名人传略》借鉴字典编排法的路数并轨合流。再跳脱"尚友"的外套，凡"重要人物"，"无论贤奸，悉

---

[1] 章巨膺：《凡例》，《医林尚友录》，上海：章巨膺医寓，1936年。
[2] 任卓：《凡例》，《女子尚友录（再稿）》，稿本，1942年。

为甄录"[1],人名辞典从古代到现代的体制转变才可算画上了句号。

2006年3月23日初稿于京西圆明园花园
2007年1月8日修订完毕
(原载《现代中国》第8辑,
北京大学出版社,2007年1月)

---

[1] 臧励龢等编:《例言》,《中国人名大辞典》,上海:商务印书馆,1921年,《例言》第1页。

作者简介

夏晓虹，原北京大学中文系教授。先后赴日本、美国、德国、捷克、韩国、英国、马来西亚、以色列、新加坡、法国以及中国台湾、香港地区从事研究与参加学术会议，并曾在德国海德堡大学（1998）、日本东京大学（1999—2001）、香港岭南大学（2009、2014）客座讲学。主要关注近代中国的文学思潮、女性生活及社会文化。

著有《觉世与传世——梁启超的文学道路》《阅读梁启超》《梁启超：在政治与学术之间》（以上三书增订结集为三卷本《阅读梁启超》）、《晚清文人妇女观》（日译本名《纏足をほどいた女たち》）、《晚清女性与近代中国》《晚清女子国民常识的建构》《晚清白话文与启蒙读物》《诗界十记》《旧年人物》《返回现场——晚清人物寻踪》《晚清上海片影》等；并主编"学者追忆丛书""梁启超史学著作精校系列"，编校《〈饮冰室合集〉集外文》等。

著述年表

著作

1. 《觉世与传世——梁启超的文学道路》，上海：上海人民出版社，1991年，290页；北京：中华书局，2006年，289页。
2. 《诗界十记》，杭州：浙江文艺出版社，1991年，158页。
3. 《晚清文人妇女观》，北京：作家出版社，1995年，198页；增订本，北京：北京大学出版社，2016年，320页。
4. 《旧年人物》，北京：中国广播电视出版社，1997年，208页。
5. 《诗骚传统与文学改良》，杭州：浙江文艺出版社，1998年，413页。
6. 《纏足をほどいた女たち》，东京：朝日新闻社，1998年，240页。
7. 《晚清社会与文化》，武汉：湖北教育出版社，2001年，313页。
8. 《晚清的魅力》，天津：百花文艺出版社，2001年，269页。
9. 《返回现场——晚清人物寻踪》，南昌：江西教育出版社，2002年，141页。
10. 《晚清女性与近代中国》，北京：北京大学出版社，2004年，338页；香港：中和出版有限公司，2011年，317页。
11. 《同学非少年：陈平原、夏晓虹随笔》（与陈平原合著），西安：太白文艺出版社，2005年，438页。
12. 《阅读梁启超》，北京：生活·读书·新知三联书店，2006年，328页。

13.《旧年人物》（重编本），上海：文汇出版社，2008年，215页。

14.《晚清上海片影》，上海：上海古籍出版社，2009年，148页。

15.《燕园学文录》，上海：复旦大学出版社，2011年，338页。

16.《珍藏生命》，南京：南京师范大学出版社，2012年，312页。

17.《晚清报刊、性别与文化转型——夏晓虹选集》（吕文翠选编），台北：人间出版社，2013年，417页。

18.《梁启超：在政治与学术之间》，北京：东方出版社，2014年，346页。

19.《晚清白话文与启蒙读物》，香港：香港三联书店有限公司，2015年，251页。

20.《晚清女子国民常识的建构》，北京：北京大学出版社，2016年，257页。

编校

1.《二十世纪中国小说理论资料》第一卷（与陈平原合编），北京：北京大学出版社，1989年，599页。

2.《梁启超文选》（上、下册），北京：中国广播电视出版社，1992年，637、556页。

3.《梁启超学术文化随笔》，北京：中国青年出版社，1996年，292页。

4.《中国现代学术经典·梁启超卷》，石家庄：河北教育出版社，1996年，747页。

5.《追忆康有为》，北京：中国广播电视出版社，1997年，513页；（增订本），北京：生活·读书·新知三联书店，2009年，420页。

6.《追忆梁启超》，北京：中国广播电视出版社，1997年，489页；（增订本），北京：生活·读书·新知三联书店，2009年，404页。

7．《北大旧事》（与陈平原合编），北京：生活·读书·新知三联书店，1998年，575页。

8．《触摸历史——五四人物与现代中国》（与陈平原合作主编），广州：广州出版社，1999年，351页；北京：北京大学出版社，2009年，387页。

9．《季镇淮先生纪念集》，北京：北京大学出版社，1999年，277页。

10．《图像晚清：点石斋画报》（与陈平原合作编注），天津：百花文艺出版社，2001年，332页；北京：东方出版社，2014年，337页。

11．梁启超：《论中国学术思想变迁之大势》，上海：上海古籍出版社，2001年，136页。

12．《〈女子世界〉文选》，贵阳：贵州教育出版社，2003年，397页。

13．梁启超：《清代学术概论》，北京：中国人民大学出版社，2004年，273页。

14．《〈饮冰室合集〉集外文》（上、中、下册），北京：北京大学出版社，2005年，1544页。

15．《文学语言与文章体式——从晚清到"五四"》（与王风合作主编），合肥：安徽教育出版社，2006年，518页。

16．《胡适论文学》，合肥：安徽教育出版社，2006年，222页。

17．《酒人酒事》（与杨早合编），北京：生活·读书·新知三联书店，2007年，422页。

18．《大家国学·梁启超》，天津：天津人民出版社，2008年，290页。

19．《清华同学与学术薪传》（与吴令华合编），北京：生活·读书·新知三联书店，2009年，560页。

20．《季镇淮文选》，北京：北京大学出版社，2010年，238页。

21．《我们的青春》（与臧棣、贺桂梅合编），北京：北京大学出版社，2010年，416页。

22．梁启超：《中国近三百年学术史》（新校本，与陆胤合作编校),北京:商务印书馆,2011年,469页。
23. 叶晓青:《西学输入与近代城市》,北京:北京大学出版社,2012年,216页。
24. 梁启超:《国学小史》(与陆胤合作编校),北京:商务印书馆,2014年,322页。
25. 梁启超:《新史学》(与陆胤合作编校),北京:商务印书馆,2014年,286页。
26. 秋瑾:《秋瑾女侠遗集》,贵阳:贵州教育出版社,2014年,153页。
27. 《中国近代思想家文库·金天翮 吕碧城 秋瑾 何震卷》,北京:中国人民大学出版社,2015年,204页。
28. 《林纾家书》,北京:商务印书馆,2016年,319页。

图书在版编目(CIP)数据

晚清白话文与启蒙读物/夏晓虹著.—上海:复旦大学出版社,2020.8
(人文书系/陈平原主编)
ISBN 978-7-309-14927-2

Ⅰ.①晚… Ⅱ.①夏… Ⅲ.①白话文-文学史-研究-中国-清后期 ②启蒙读物-研究-中国-清后期 Ⅳ.①I209.52 ②H194.1

中国版本图书馆CIP数据核字(2020)第044953号

本书中文简体字版本由三联书店(香港)有限公司授权复旦大学出版社在中国内地独家出版、发行。

上海市版权局著作权合同登记号 图字09-2020-566

晚清白话文与启蒙读物
夏晓虹 著
出 品 人/严 峰
责任编辑/方尚芹 袁乐琼

复旦大学出版社有限公司出版发行
上海市国权路579号 邮编:200433
网址:fupnet@fudanpress.com http://www.fudanpress.com
门市零售:86-21-65102580 团体订购:86-21-65104505
外埠邮购:86-21-65642846 出版部电话:86-21-65642845
上海四维数字图文有限公司

开本890×1240 1/32 印张6 字数139千
2020年8月第1版第1次印刷

ISBN 978-7-309-14927-2/I·1218
定价:38.00元

如有印装质量问题,请向复旦大学出版社有限公司出版部调换。
版权所有 侵权必究